ツーカーでわかったつもり?

あうんの頭

著/鹿嶋海馬

はるかぜ書房

目次

序章

第一章　「あうんの頭」は「和歌」から生まれた

第二章　武士の時代の「和歌の頭」からわかること

第三章　幕末志士の決断には「謎」がある

第四章　今、日本人の頭を別の頭で見れば……

終章　頭を開いて、あうんの頭を脱却しよう

序章

日本人のみならず、あえて言えば人の感覚は、世の風潮にながされる傾向が強い。そこには落とし穴があり、多くの悲劇や不幸をもたらしてきた。本書は、この点を軸に、人が持つさまざまな側面について解剖してみようと思う。

ツーカーでわかったつもり……は危険

多くの日本人は、ツーカーで分かる感覚をもっている。俗に「あうんの呼吸」というが、これは無意識のうちに「相手を理解しているつもり」になっているにすぎない。この場合、理屈を嫌う傾向があり、問答無用が好まれ個人の場合だけでなく、マスの場合、この傾向が強い。

この性癖は、今も日本人の頭にしみついていて、多くの人の思考を妨げている。そしてとりわけ政治や社会現象についての疑問や分析を消し去っていて、危険な因子を世の中にばらまき、結果として国民を衰弱させている。

タイトルに使った「あうん(阿吽)」は、古代インドのサンスクリット語の「ア・フーム(a-hum)」に由来する言葉。日本では空海《くうかい》の密教において、「阿」ははじめに発する音声で「呼気《こき》」といい万物の根源とされ、「吽」は口を閉ざして発する音声で「吸気《きゅうき》」とされている。おそらく空海が理解した「あうん」は、仏教でいう「悟り」に近いものではなかったかと思う。空海の「悟り」は「深い深い疑問のプロセス」を経て到達する境地といっていいが、一般に受けとられているツーカーで分かる感覚は、まったく違う。「ツー」と「カー」の間には、「疑問のプロセス」があるはずだが、これが空《ぬ》けているから、文字通り「空論」という。疑問のプロセス……といっても難しいことを考える必要はない。「ツー」と感じたとき、一歩踏みとどまって「それでいいのだろうか？」とおもいかえすだけでいい。

ここで注目したいことを述べておこう。

幕末の立役者の一人、勝海舟《かつかいしゅう》は、新聞紙も政論家も時勢おくれの空論ばかりにて、日を暮らしていると述べている。

およそこの空論ほど無益なものは世の中にまたとない。

と前置きしたうえで、維新後の日本について次のようなことを記している。

ほんとうに空論というものは、国が貧乏すればするほど、盛んになるものだよ。（中略）いくら戦争（日清戦争）に勝っても、軍艦ができても、国が貧乏で、人民が食えなくては仕方がない。やれ朝鮮が弱いの、シナ（中国）は無気力だのといって、国家の大問題がそっちのけにせられるようでは、まだ鎖国の根性が抜けないというものだ（『氷川清話《ひかわせいわ》』（江藤淳《えとうじゅん》・松浦玲《まつうられい》編）角川文庫）

勝は、当時の日本と日本人が暮らしも貧しいうえに、実は精神的に貧しいと予言として指摘しているのではないか。当時、勝は、日本が強く、発展途上にあるという感覚が思い違いであり、ひどい錯覚であり、しかも日本人自らがこれに気が付いていないと言ったのではないか。言いかえれば、「疑問のプロセス」が抜けていることを示している。これは救いがたいことだが、今の状態も同じであるなら大変なことであり、日本にとって下手をすれば致命的な問題になりかねない。しかも勝の指摘は、現在の日本の実情に通じているという予言を現在の日本人に諭しているのではないかと、私には思えてならない。

今、中国は無気力ではなく、韓国は弱いとは言えない。このなかで日本は実際に財政が豊かとはいえないが、それ以上に勝の名言に学びつつ、精神的に貧しいといえないか改めて想い直してみたほうがいいだろう。

『夫婦善哉《めおとぜんざい》』という著名な小説で知られている織田作之助《おださくのすけ》が「猫と杓子《しゃくし》について」というエッセイで以下のような文章を残している。

これは日本人の持っている悪癖《あくへき》つまり悪い癖でありまして、すぐ他人の頭でものを考えたがる。俗に「鰯の頭も信心から」といいますが、あんまり他人の頭ばかり借りてものを考えたり、喋ったり、書いたりしておりますと、しまいには鰯の頭まで借りるようになってしまいます。いや、僕は冗談に言っているのではない。真面目に言っているのです。

私は、むしろ織田が「日本人の悪癖」という指摘を転用して、日本人の国民心理を解剖してみてはどうかと示唆《しさ》しているのではないかと考えている。他人の頭を借りることは、自分の頭を使わないことであるから、何かを思ったとき結論を出したり、評価する場合、無意識のうちに「疑問のプロセス」が抜けてしまう性癖である。

もちろん日本人は頭がいい人が多いが、この性癖は、頭の良し悪しとは種類が違う。また、私はモノマネが悪いとは少しも思わないが、モノマネは借りものだから自分の努力が要らない。だから結局、身に付かないから損をし、「疑問のプロセス」が抜けた悪癖をもたらす。自分の頭を使わないから、自分で気がつかないうちに周囲のムード、たとえばマスコミなどが流す風潮をツーカーで分かったつもりになって流されてしまう。この現象は、一方がバカ負けし、もう一方がバカ勝ちしてしまう昨今の選挙結果でよく現れ、「疑問のプロセス」が無意識に抜けてしまっているからである。

ここで私が改めて注目していただきたいポイントは以下である。

日本人は大昔から戦略的な意味の「疑問のプロセス」が抜けていたわけではないが、いつのころからかツーカーで分かる悪癖がしみついてしまい、思考する習慣が抜けてしまった。

そこでこの悪癖が現在も生きているいくつかの実例を述べておこう。

日本は民主主義＝「わかったつもり」になってはいけない

日本は最悪の「男女差別国家」

たとえば、日本は民主国家だと思い込んでいるが、これを「ツーカーでわかったつもり」になってはいけない。すこし「疑問のプロセス」を働かせれば、とんでもない実情が見えてくる。たとえば憲法には「男女平等」が明記されているが、日本の実情は、まったく逆である。

実は、日本は国際的にみて「女性差別国家」であり、国民はこの事実にもっと注目すべきである。国別順位でみれば、一〇〇位以下という最悪の状態であるにもかかわらず、メディアはこれを問題にしていない。国民も、当の女性も、この件にあまり関心がないが、もちろん女性をもっと大事にして、活用しなければ、日本の再生はありえず、大相撲の土俵が女性禁制などというおかしな話どころの騒ぎではないだろう。

ちなみに日本の男女差別に関して、たとえば日本医科大学では文部科学省の官僚がからんだ不正入試問題が発覚したが、これにくわえ女性受験者の合格者を少なくする意図的な採点操作が行われていたとメディアで指摘された。これは紛れもなく女性差別の悪質な姿勢を暴露したものであり、おそらくこれに類する男女差別操作が秘密のうちに行われていると想像しても不思議がない。同大の女性合格者は三〇パーセント以下に抑えられたらしく、念のため、フランスでは医学部合格者の男女比は四対六という話がある。

男女差別に関しては、以下のような項目が国際的に指摘されている。おおいに注目してほしい。

労働の男女格差、日本は世界最低レベル
出産で一度退社してしまうと職場復帰が難しい
ダボス会議も日本の女性の地位の低さを指摘
女性の議員、大臣が少なく、女性が首相になったことがない国
「男女雇用均等法」は当初、努力義務にすぎなかった

女性の非正規社員化に拍車がかかっただけ
マスメディアの無関心と保守陣営の猛反発
日本は世界でも唯一の「企業社会主義国家」
リスクが大嫌いだから終身雇用にすがる
日本の年輩社員の生産性は新興国の労働者以下
日本の労働生産性がアメリカ、ＯＡＣＤ（経済協力開発機構）諸国より低いのは男女差別にある
終身雇用制度の下で、世界的に見て日本女性だけが異常な労働環境にある

このほか日本にはいたるところで男女差別がはびこっている。

二〇一二（平成二四）年一二月一七日、先進三四か国が加盟するＯＡＣＤから、「ジェンダー・フォーラム」の報告書が発表された。

それによると、日本の男女間の給与格差は四〇歳以上では四〇％にも上り、ＯＡＣＤ加盟国中、韓国に次いでワースト二位だった。上場企業の役員の女性の割合はわずか五％で、これも加盟国中では最低レベルだ。すなわち日本では「男女平等」は実現していない。実際の日本は「女性差別国家」であり、そのレベルは世界最悪の部類だ。

ＯＡＣＤ報告書によると、日本では二五歳から三四歳の女性が大学を卒業している割合は五九％で、男性の五二％を上回っている。つまり、女性のほうが高学歴であり、四五歳から五四歳でも、男性の学士保持者が三二％、女性は二三％となっている。日本の女性は優秀である。もちろん人の価値は男女を問わず学歴と無関係である。

しかし、男女間の給与格差は、なんと二九％もある。これはＯＡＣＤ諸国の平均の一六％より、

はるかに大きい。前記したように四〇歳以上になると四〇％も開きがある。これは、同じ能力で同じ仕事をしても、男性の六割しか給料をもらえないことになる。

また、同じく日本の上場企業の役員における女性の割合はわずか五％にすぎない。学歴では男性と変わらないのに給料でも出世でも差別されている。これが日本のリアルな姿なのである。

以上の問題は、男女をとわず日本という国の国益に有害であり、民主国家と思い込み、かつ先進国と錯覚している日本にとって実に深刻な状態である。

日本では戦後なお人権無視の優生保護法が実施された

日本では、「優生保護法」という人権無視の法律が、戦後の一九四八年（昭和二三年）から一九九六（平成八）年まで、民主主義制度の元で大手を振ってまかり通っていた。

この法律は、第二次大戦の前、ナチスドイツが人種差別を実行するために悪用されていて、当時でさえよく知られていた。

この悪意に満ちた人権無視の歴史を以下に確認しておこう。

一九三三（昭和八）年、ナチス・ドイツで「断種法《だんしゅほう》（人種衛生法）」が制定された。

一九三五（昭和一〇）年、ナチス・ドイツのSS（親衛隊）長官ヒムラーが「レーベンスボルン政策」を開始した。

一九三九（昭和一四）年、ナチス・ドイツが精神障害者や身体障害者を殺害する「T四作戦」を開始した。これにより一九四一（昭和一六）年までに七万人強が殺された。

一九四八（昭和二三）年、民主国家になったはずの日本で「優生保護法」が成立した。

一九六三（昭和三八）年、チバ財団のシンポジウムで世界中の生物学者が優生学について議論、高名な科学者たちが優生学を支持する発言を行なった。

一九六九（昭和四四）年、アメリカのアーサー・ジェンセンが黒人の知能指数は白人より低いが、それは遺伝的な要因によるかもしれないと発表した。

一九七九（昭和五四）年、アメリカで最初の「精子銀行」が設立された。後に男女とも資格がゆるめられたが、当初はこの銀行への精子提供者はノーベル賞受賞者のみで、また提供を受けられる女性はＩＱ一四〇以上に制限された。

一九九五（平成七）年、アメリカのリチャード・ハーンスタインとチャールズ・マレイが大著『ベル曲線』を出版し、知能の低い人間が比較的多い貧困層に対する社会保障制度を打ち切るべきだと提言した。

一九九〇年代後半、日本で遺伝子科学の爆発的発展により、人間の女性卵の遺伝子を子宮着床《ちゃくしょう》前にチェックし、問題のある女性卵を廃棄することが医療分野で始まった。

優生保護法は戦後の民主体制の下で強化された

優性思想は戦前から存在していたが、戦後に入り一九四八（昭和二三）年に改正された優生保護法では、優生思想は色を薄めるどころか、逆に強化されることとなった。終戦後、第一次のベビーブームが到来し、急激な人口増加による住宅や雇用の不足が懸念されると同時に、多産により家計が逼迫《ひっぱく》する家庭も多く、戦前とは反対に人口抑制が不可欠という認識が広まったのだ。また、この時期非合法の中絶も増加しており、中絶を合法化する法案として、社会党議員の太田典礼《おおたてんれい》(旧名・武夫)らが中心となり、超党派で提出された法案をベースに優生保護法案が作成された。太田は、医学者で産児制限と安楽死を主張、子宮内避妊器具の草分けとされた「太田リング」を考案したことで知られている。

優生保護法第一条

この法律は、優生上の見地から不良な子孫の出生を防止するとともに、母性の生命健康を保護することを目的とする

このようにまず書かれているが、この法律では「母性の保護」といったいかにも持って回った文言を付け加えて、その正当性のいいわけにした。

人権無視……一九九六年まで不妊手術増加を国が促進した

強制不妊手術は、当初は遺伝性があるとされた病気や障害のある人のみが対象だったが、医師が診断し手術が必要と認めたら、都道府県に審査を申請しなければならない、とされた。医師らで構成する都道府県の審査会が、手術の適否を判断し、費用は国が負担し、一九五二(昭和二七)年に遺伝性ではない精神障害や知的障害にも対象が広がった。

国は手術を積極的に推進したのである。

しかも、やむを得ない場合は体を拘束したり、だましたりして手術を受けさせることも許され

るとされた。

一九四九（昭和二四）年に厚生省は局長の通知を都道府県に送り、手術の件数増を催促する文書が送られたのは、一九五七（昭和三二）年である。

手術数が「予算上の件数を下廻っている」と指摘。都道府県によって件数が極めて不均衡だ、と一覧表で示し、「啓蒙活動とご努力により成績を向上せしめ得られる」などとした。

ちなみに愛知県は朝日新聞の情報公開請求に対し一七日、一九七一（昭和四六）年度に開かれた県優生保護審査会の資料を開示したが、男女六〇人について検討され、五五人が手術を認める「適当」とされた。

一九六八（昭和四三）年に提出された、知的障害と診断された一三歳の少女の申請書には、

年頃になって来ましたので母親として心配でならないからお願い致します

と母親の要望が記されていた。この少女に関する別の文書には、住まいが工場地帯で男性労働者が多いとして「誘惑されたりするので、過失防止のため」との記載もあった。

一九七〇（昭和四五）年、前後から障害者らが抗議の声を上げ、差別的な法律との批判が高まったが、一九九六（平成八）年「母体保護法」に改まるまで、統計に残るだけで、実に二〇〇〇〇人を超す人が手術を強制的に受けさせられた。その数は、もっと多いだろうと思う。我々は、この人々の犠牲をわすれてはならない。

これは、戦後「民主主義憲法」を制定された新憲法下の暴挙である。人権をこれほど無視した

実例は、絶対許されない。これこそが現代日本がいかに民主劣等国か、その一例であり、戦後になっても民主主義が理解されていなかった実例である。

昨今「強制不妊救済法」という法律が制定されるという。これには「おわび」が明記されるという話もあり、いい話だが、これで問題が解消されるか？　問題はまだ後を引きそうだ。

日本敗戦の根本原因は民主主義がなかったから……

そこで一つ逸話《いつわ》を紹介しよう。

石原莞爾《いしはらかんじ》といえば戦前の軍人で民主主義と縁がないと思われているが、その石原に対して、戦後、アメリカのジャーナリスト・マークゲインが「日本の敗因は何ですか」と質問したとき、はっきりと以下のように話した。

日本の真の敗因は、民主主義でなかったことだ。警察と憲兵隊のおかげで、国民はいつも怯えていた。しかしこれらの警察力が、今除去されたということが、ただちに日本の民主化を意味するものではない。が、秘密警察が破壊された以上、マッカーサーは日本人の手で追放を行わせるべきである。総司令部のやり方を見ていると、どうも信用できない人たちの情報に頼っている、というのが現状だ。新聞関係のあなた方などが、総司令部が真実を知りうるように、大いに助力されることを、私はお勧めする。

石原の指摘は、戦後になってもなかなか実現されなかった。その一例をあげよう。

戦後、日本は戦争の惨禍を反省したが、にもかかわらず八月六日の広島原爆投下の日、八月九日の長崎原爆投下の日、そして八月一五日の日本敗戦の日を決して忘れてならない記念すべき日と定めていない。少なくともこの三日は、最低限の猛省《もうせい》の日として記録すべきであり、敗戦を「終戦」という言葉でごまかしてはならない。

それは、現代までも染みついた日本人の「ツーカーでわかったつもりになった感覚」の悪癖であり、その救えないメンタリティは、今も続いている。


ちなみに、おおかた人は、民主主義を多数決の原理と結び付け、それを疑問もなく良としている。が、誤解を恐れずに言えば、民主主義と多数決の原理は縁もゆかりもないものであり、トンチンカンな判断である。なぜなら共産主義は、洗脳による人民の多数派工作はお手の物であり、またナチズムやファシズムはプロパガンダによる偏見の大衆への浸透を得意としている。もしこれらに対抗する手段が民主主義にあるとすれば、「民主とはなにか深く理解する」うえで、しぶとい説得と執拗な交渉が不可欠だ。ときによっては民主の神髄《しんずい》を貫くために、謀略も必要である。

もう一つ加えるとすれば博愛の精神である。甘い見方といわれそうだが、近代ではイギリス人に元祖がある。一例として戦前、熊本の郊外でハンセン病の救済に一生を捧げたミス・リデルというイギリス女性がいた。当時、その施設に心無い人々が汚物を投げ込むなどひどい迫害を加えた。リデルが亡くなった後、姪のミス・ライトが救済を継いだが、ライトは迫害の酷さに耐えきれず、資産と施設を熊本市に寄贈して後ろ髪をひかれながら帰国した。当時、牧師だった村田《むらた》勤《つとむ》という人が日本人の忘恩を非難した。これが民主主義の真髄であることを明記しなければならない。

これらは、賛成派にも反対派にも必要不可欠であり、決して感情に流されてはいけない。なぜなら冷静でなければ有効な知恵がうまれないからだ。もし多数決の原理があるとすれば、それは結果に過ぎない。その結果を意味のあるものにする方法は、本書で述べる疑問も思考もない「あうんの頭」から多くの日本人が脱却することに尽きる。

それは「疑問もなくツーカーでわかったつもりになった感覚」という悪癖への対抗策であり、救えないメンタリティに向けて民主主義を植え付ける唯一の手立てといえる。最も大事なことは、多数派の判断を不用意に信じてはいけないことだ。多くの場合、多数派の判断は、疑問も思考もない「あうんの頭」に支配されているからだ。

仮に、多数派と反対派の闘いの力関係がイーブンで、いつまでも続いていたら、結論が出ないではないかと苛立つかもしれない。その場合、結論が出ないのだから放置しておけばいい。下手な結論より、よっぽどマシだからだ。

もし、この段階で賛成派が少しでも多数の場合、結論が出る可能性が出てしまうが、その結論が誤っていれば、結論の誤りに反対派のブレーキがききやすいから、よりベターな方向に動かすことができる。

特に戦争開始の結論が出たとき、ブレーキ機能が効果を発揮して、悲惨な結末を避ける方法が見つかりやすい。これこそが民主主義がもつ非常にすぐれたキーポイントであり、以下本稿ではこれらの点を主軸として長い歴史をたどりながら述べてみたい。

二〇一九年四月　鹿嶋　海馬

第一章　「あうんの頭」は「和歌」から生まれた

和歌は、ほとんどの人が好む文学である。というよりも文化といってもいいほど日本人の頭に染み入っている。そこにはどのような知のメカニズムが潜んでいるのだろうか。

日本人の頭に植え付けられた和歌の「余情」

日本人に長くもたらされたリスクを追う

和歌には「余情」がつきものである。詠み手の膨大な想いは「三十一文字《みそひともじ》」に凝縮されている。言い換えれば、一首の和歌ができるまで、背後には膨大な詠み手の言葉に現れない意図が隠されている。これが「余情」であり、現代の言葉で言えば「情報」である。

だからこそ読む人は、作者の隠された意図をツーカーで理解し、かつ感じて感動するのである。繰り返せば、作者の隠された思考は、和歌の言葉に託されている。本当に言いたい思想をあえて隠し、「余情」として読者にわからせようとする。しかし、多くの読者は、うすうす理解していても、結果的に「わかったつもり」になり、疑問ももたない。

現代人は、和歌を読んで、「余情」を感じて思考を巡らせて理屈をこねることはない。

和歌は、ほぼ千数百年にわたって日本文化をはぐくんできた。和歌を通して疑問のプロセスを身に付けた詠み人は、かつては論理がなんであるのか心得ていた。疑問のプロセスの伝統は貴族の時代から武士の時代にいたる一〇〇〇年をはるかに超す時間と日本と言う空間の中で受けつがれ、前出の「あうんの頭」が日本人の頭に浸透してきたのである。

それゆえに日本人は、たとえば古代において隋《ずい》や唐《とう》などの中国や朝鮮半島の新羅《しらぎ》や百済《くだら》などと互角の外交関係を築けたのである。疑問のプロセスによって思考を磨くことによって、それ以後、今触れた貴族の時代から武士の時代にいたるまで、国際関係で情報に対する対応で大きな遅れをとらなかった。したがって、日本人にとって「和歌」は単なる文学の一ジャンルではなく、思考を諭してくれた。和歌の頭は、かつて喜怒哀楽はいうまでもなく政治や権力争いにおいても「疑問のプロセス」を発揮してリスクを防いだのである。

しかしいつのころからか、「疑問のプロセス」が抜けてしまったのであるが、これが本書の大きな主題である。

「疑問のプロセスを抜く」習性は日本人の本質か

「疑問のプロセスを抜く」のは、日本にその先例がある。

その典型が浄土宗の開祖である法然《ほうねん》である。悟りの奥義《おうぎ》として、法然は、

ただ一向《いっこう》に念仏《ねんぶつ》すべし

と信者に諭した。

曲解を恐れずに言えば、これは何も考えずに一心に念仏を唱えればいい、という意味にとれる。

「疑問のプロセス」を抜いて一心に念仏を唱えれば仏の加護をうけて救われる、ということだろ

うと一般の人たちは受けとった。

仏教学者の増谷文雄《ますたにふみお》は、法然が「一向に念仏すべし」とさとした言葉の理由を研究した。増谷は『法然上人全集』を調べその結果、同全集の中に「諸書に出たる法語《ほうご》」という文書があり、この巻末の付録として「知恩院《ちおんいん》」に蔵する護念経《ごねんきょう》の奥義にしるされたことば」の一句を記している。

浄土宗安心起行《あんしんきぎょう》の事、義なきを義とし、浅きは深きなり

これだけではにわかに意味が分からないが、これは法然の後継者でもある親鸞《しんらん》が、著書『嘆異抄《たんにしょう》』で語っているように、

念仏には、無義をもて義とす

と同じである。類推すれば、「智は無智」と同じであるから、思考そのものが空回りしてしまう。だから法然は、結果的に思考を抜く選択をして、「一向に念仏すべし」と諭したのである。法然がこうしたのは信者の頭が悪いからではなく、法然自身にも出口が見えなかったからである。法然の悩みは深く、深刻だったが、そこであえて結論として信者の悩みを消すために、何も考えずに念仏を唱えればいいと諭した。

想えば、こうしたレトリックが日本人の社会的な通念として、法然の時代から自然な形で受けつがれたとすれば、「思考」は「理屈っぽい」習性として敬遠されるのも無理がない。

法然も後に詳述する本居宣長《もとおりのりなが》も稀代の偉人であり賢人だから、大衆の迷いを消すために日本人の精神風土から「疑問のプロセス」を消してしまったと考えてもおかしくない。私は、疑問のプロセスが抜けたのは、最終的に本居宣長の時代であると考えているし、もっといえば本居宣長が最終の仕掛人であるというほかはない。これは本書二章において後述することにしたい。

和歌の余情の不思議

和歌の魅力を情緒で感じる無意識の習性

和歌は古代から受けつがれた日本文化の典型であり、必ず「余情」があり、それが魅力になる。この余情には必ず情報が隠されている。もちろん時代によって「余情」のもつ意味は変化してきたが、隠された「余情」は、根強く日本人の頭に浸透してきたため、古代社会に生まれた和歌のもつ「余情」は武士の時代まで、その果たす役割に大きな変貌は見られない。

すでに述べたように「余情」というのは、和歌に詠まれた言葉に表れない隠された情報である。余情を伝える言葉は、行間に現れる。妙な言い方だがこの余情こそ和歌のすばらしさであり、それは日本人特有の阿吽の呼吸、行間を読む能力、山本七平《やまもとしちへい》の言葉でいうと「言外《げんがい》の言《げん》」で感知し、感性や情趣を汲み取ることによって頭に浸透する。和歌を詠む人も読む人も「余情」を共有し、そこはかとない魅力を感じているのだ。

歳月を経るにしたがって和歌文化の大衆化が進み、日本人の誰でもが和歌の魅力を感じてきた。

この感覚は、現代においてもきわめて色濃く深く日本人の心に浸透している。これが重要である。和歌を詠むときは言葉の妙を尽くして「余情」を競うが、人々は、和歌を詠むときでなくても、仕事や生活の中で「余情」を感じさせる曖昧な表現を多用している。日本語では、言葉で伝える部分が曖昧でも意味が通じる部分が多いとされている。くどくどと言葉で伝えなくても前出での阿吽の呼吸や行間を読むことによって通じる。しかも、これが無意識のうちに自然に行われている。

和歌は『万葉集』に結実した。『万葉集』は実はいつ誰が何の目的のために編纂したのか解明されていないが、独自の日本語が本格的に生まれたのは『万葉集』が源流である。もちろんそれ以前に記紀歌謡の類があり、さらに古い日本語を辿ることができるが、定型としても確立しておらず過渡期の段階といえる。現状では万葉集よりさらに不明な点が多く、今後の研究を待ち、ここでは一言添えるだけにする。

万葉集に収録されている和歌のうち最古のものは、四世紀初めの仁徳天皇《にんとく》や磐姫皇后《いわのひめのおおきさき》の歌であり、それ以来八世紀の大友家持《おおとものやかもち》によって、正月に詠まれた歌までである。その間、おおよそ四五〇年余り、それを担ったのは、例外なく貴族である。

創造のプロセスでは、漢字から「かな文字」が考案され、和歌が詠まれて、無数の智者・賢者がかかわり、公式な日本語が生まれた。これが万葉時代で、日本語の性格や考え方は、すべて万葉集に詠まれた和歌（おおよそ四五〇〇首）が元になっていて、短期間のうちに促成された言語ではない。

和歌は、日本人の旺盛な創造力によって考案され、それだけに根は深く日本人の頭に根を下ろしている。ちなみに聖書は、それが作成されるまで五〇〇年もの歳月が費やされている。しかも万葉集には、恋の歌のみならず生活の様子に触れた無名の人の歌の東歌《あずまうた》、さらには権力闘争に明け暮れている貴族時代の情報交換や対外的な軍事情報、暗号など、多彩である。これは日本人の生存にかかわるすべての分野をカバーし、日本語の誕生や生成に深くかかわっている証拠に他ならない。

「余情」は、美しい風景や恋心を詠んだ和歌なら分かりやすい。「余情」という言葉は、言わず語らずでもスッキリ頭や感情に入ってくるからであり、一方、別の話題、政治向きの和歌の場合は、「余情」という表現は、分かりにくい。あまりにもかけ離れている印象があるから、すっきりと頭や感情に入ってこないのは当然かもしれない。

余情は良い情報が隠されていれば本当に感動的だ

以下の和歌は、第一六代天皇・仁徳天皇が作ったという有名な和歌であり、年代は四世紀前半ころと考えられる。

高き屋にのぼりて見れば煙立つ民のかまどは賑わいにけり（新古今和歌七〇七）

この歌は、あるとき仁徳天皇が難波高津宮《なにわたかつのみや》から民の里を眺めると、家々から煙が上がっていない。これを見た天皇は、民のかまどから煙がのぼらないのは、貧しくて炊くものがないからではないか、お膝元がこの状態では都の他の場所や地方はなおさらひどいのではないか、と嘆いた。

以来、三年、税を免除したため、朝廷の収入は減り、宮殿が荒れ屋根から雨漏りがする状態であった。三年後、天皇が再び民の里を見ると、家々から煙が立ち昇っていて、それをみて、天皇は、民が豊かになったと喜ぶ。それを聴いた皇后が、帝であるあなたの衣が破れ、屋根も破れていいます、どうして豊かなのでしょうか、と質問。すると天皇は、民は国の基であり、民が豊かであることは、我も豊かということである、と答えた。さらに天皇はその後六年してようやく税を課して宮殿の修理を行ったという。

真偽は別にして、この和歌は、あまりにも有名なので、誰でも知っている逸話であるが、和歌の意味を解説するニュースのない時代に、「煙立つ、民のかまどは賑わいにけり」という言葉だけでは、具体的に何を伝えているのか意味がわからない。しかし、この和歌には「余情」があり、これが隠されている。情報の中身は、「三年間の免税」と、民にとって大変ありがたい内容である。好ましいことをあえて隠すのが、日本文化の「奥ゆかしい」魅力であり、日本人がいちばん大切にしている「美徳」である。

好ましい情報は隠されていても、民にとってありがたい情報だから、民がこれを知れば、天皇の慎ましい民を想う気持ちが理解される。だから、和歌の「余情」として人々を感動させるのである。

「余情」の意味は恋の和歌がふさわしい

和歌には、美しい風景や恋の感情を詠んだものが大半である。その一例を示そう。

大和恋ひ寝《い》の寝《ね》らえぬに心なくこの洲の崎に鶴《たず》鳴くべしや（文武《もんむ》天皇難波行幸《ぎょうこう》のときの歌　万葉集第一巻七一）

学者、歌人や詩人としても著名な折口信夫《おりぐちしのぶ》による解釈は以下のとおり。

大和の国に焦がれて、寝ることもできないのに、思いやりなく、ここの砂浜の崎に、鶴が鳴いているおとだ、心があれば、あんなに鳴かないはずだがなあ（日本古典文庫、折口信夫、河出書房新社）

念のため国文学者の中西進《なかにしすすむ》の解釈も引用しておこう。

大和を恋しく思って、寝ることもできないのに、思いやりもなく、この洲崎のあたりで鶴が鳴いてよいものだろうか（日本古典文学大系、岩波書店）

文言に多少の相違があるものの、解釈には、大きな違いはない。

作者の文武天皇は、飛鳥《あすか》時代、第四二代天皇で、在位六九七（文武天皇元）年〜七〇七（慶雲《けいうん》四）年。

一読してわかるように、「寝れない」理由が「大和が恋しい」ということだが、それを鶴が鳴く様子で表現している。これが和歌の余情である。言い換えれば、「余情」は、言葉の上では表現されていないわけだが、なぜそうするのかといえば、作者の情報である気持ちを素直に公開すれば、和歌としての魅力や情趣がなくなるからである。

他の歌もそうだが和歌にはそうした言葉の妙味が必要であり、大袈裟にいえばこれが倣《なら》い習性になって、日本人の頭が形成されてきたのである。

ご承知の方も多いと思うが、万葉集は日本が中国から漢字を移入して以来、四〇〇年余りをかけて複雑な紆余曲折《うよきょくせつ》をへて、貴族の間で仮名が考案され、その後、文化としての和歌が誕生した。その経緯は、単に和歌という文学形式が生まれただけに留まらない。和歌が貴族という当時の主導層に瞬く間に流行し、未完成だった日本語という言語を決定づけた。

「余情」の中に危ない情報が隠されていれば大きなリスクを招く

この和歌から誕生した「余情」を感じる能力、余情を尊重する考え方は、日本人の頭の根底に芽生えて今に伝わっている。

さらに注目すべきポイントは、「余情」に隠された情報は、情緒で感知され、論理では理解されないという事実である。論理で理解されず、情緒で感知されるからこそ、頭の深層に定着する。重大な問題は、今、和歌を詠むときだけでなく、普段の言葉や文章にもこの頭が使われていることである。

貴族といわれた人々は、概して無口である。貴族がおしゃべりをしていては、軽く見られてしまうだけでなく、貴族内部の権力争いを避ける意味でも、威厳を保つ上でも有効だったからである。言わず語らずに伝えたいことの意味を臣下に伝えるうえでも和歌は有効であり、好ましい情報は、隠されていても良かったのだ。なぜなら露見すると感動を呼ぶだけでなく、危ない情報が隠されていた場合は、大きなリスクをもたらすから危険であり、暗号の発信者である貴族はこれをよく心得ていた。

情報の露見は時に面白みを伝えることもある。

たとえば、江戸時代元禄のころ、江戸の町中に次のような落首《らくしゅ》が張られた。

天の下、二つの宝失せにけり、佐渡の金山、水戸の黄門

これは世の中を揶揄《やゆ》したものだが、町民の喝采を浴びたらしい。

もしこれを次のようにしたら、世情を揶揄した曖昧な一般論にすぎず、面白みがまったくない。

天の下、宝と偉人、失せにけり、後は野となれ山となれ

この落首の場合、やはり具体的な「佐渡の金山、水戸の黄門」という情報が公開されているから、面白みがあり、落首としての値打ちがでるのである。世の中の流れを落首に込められていて、もちろんこれには「疑問のプロセス」を考慮した「あうんの頭」の伝統が機能しているのだ。

余情への疑問、貴族の時代の名歌から　名歌その①

あかねさす紫野《むらさきの》行き標野《しめの》行き野守《のもり》は見ずや君が袖振る　(作者額田王《ぬかだのおおきみ》、万葉集第一巻

二〇、岩波書店）

この歌ほど知られた和歌は少ない。念のため原文の万葉仮名も記す。

茜草指武良前野逝標野行野守者不見哉君之袖布流

これに対して後に天武《てんむ》天皇となる大海人皇子《おおあまのおうじ》は、以下の返歌を贈っている。

紫草のにほへる妹《いも》を憎くあらば人妻ゆえにわれ恋めやも　（万葉集第一巻二一）

「あかねさす」の名歌は当時は公開されなかった

万葉集のなかで、きわだって有名なこの和歌は、豊かな余情を感じさせる名歌として知られている。一見しただけで、なんとも牧歌的で気持ちが穏やかになりそうな、男女の若々しい萌えたつような情熱を想像させる。

ここで歌われた言葉の説明をしておこう。六六八（天智《てんち》天皇七）年五月、蒲生野《こもうの》（滋賀県）で、天智天皇が主催する行事の猟狩が催された。王族を含めた多数が参加し、女官も大勢いた。前出の和歌は、狩も終盤にさしかかった夕時、額田王と皇太子であった大海人皇子の間で取り交わされた秘められた相聞歌《そうもんか》とされている。

この和歌について折口信夫は、以下のように解釈している。

紫草の咲いている野すなわち天子の御料《ごりょう》の野を通って、我がなつかしい君が袖を振って私に思う心を示していられる。あの優美な御姿を心なき野守も見てはどうだ。

(野守を天智天皇にたとえたのだ、という説もある。が、単純に客観的な歌と見れば、いよいよすぐれた歌である)(折口信夫全集　同刊行会編　ルビ著者)


返歌に対しても同氏は、以下のように解釈している。

ほれぼれとするような、いとおしい人だ。そのお前が憎いくらいなら、既に人妻であるのに、そのお前のために、どうして私がこんなに焦がれているものか(同前)

歌の言葉についていえば、茜《あかね》は、古代の赤色である朱色の原料となる植物。紫が赤色を帯びていたため「あかねさす」は紫にかかる枕詞《まくらことば》として使われている。

染色加工で赤みを帯びる紫は、上流階級の間では、高貴な色として尊ばれていた。

だから狩といっても鹿や猪を追うのではなく、主に布染めの原料となる紫草を収穫する王室行事であったらしい。「紫野」と対句のように記されている「標野」とは天皇が開いた近江朝が経営していた紫草園で、もちろん一般人は立ち入りを禁止されていた。

「野守」というのは、紫野園の管理人で、朝廷から派遣されていた。

この野守について、多くの研究者が天智天皇を示唆していると指摘しているが、野守を介して二人の関係を監視するという意味もあるかもしれない。もちろん折口信夫ほどの学者であるから、そうしたことは、先刻承知のはずであるが、あえてそうした解釈を退けている。

周知のように、この和歌は、誰にも知られた有名な和歌だが、研究者の間では、意外にもさまざまな解釈が行われていて個々の言葉の解釈について定説がない。

たとえば、「君」の主語が不明であることが昔から主要なテーマの一つだった。江戸時代の国学者「賀茂真淵《かもまぶち》」によれば主語は「大海人皇子」としている。この他にも「野守」ではないかという説やあまたの女官だったという説も指摘されている。真偽は確定されていないが、素直に考えれば大海人皇子という説が無難だろう。そして狩が済んだ後の宴席で披露されたという話が通説となっていて、宴席で明らかにされた以上、そのときの夫である天智天皇にも知らされたはずである。

この和歌は、通常、相聞歌として分類されている恋歌とされているが、額田王は大海人皇子との間には十市皇女《とおちのひめみこ》という子を授かっている。

上記の和歌をやりとりしていたとき、前出のように額田王は若く見積っても三六歳、大海人皇子は四七歳だった。しかも二人は聡明で冷静であり、若いときのように情熱に浮かされた迷いを抑制できる年齢である。いまさら、好きだ、恋しいと判断で迷う歳でもなく無謀な行為に及ぶとは思えない。

多くの研究者が一致しているが、額田王は大海人皇子の兄の後の天智天皇である中大兄皇子に召し上げられ、やむなく別れたというのが定説だ。要するに額田王は、妻として天智天皇のそばに仕えていたことになり、兄弟である二人の皇子は、額田王を前後して妻にしていたのだ。ちなみに万葉集では、人妻への不倫は、秘められた恋として歌の素材として多くとりあげられている。

子まで授かり、妻だった額田王を奪われた立場にいた大海人皇子としては、内心で兄に対して心安らかではなかっただろう。しかし、現在と違う道徳観があり、大海人皇子の年齢は四七歳、額田王が三六歳、しかも兄弟の上下関係が峻厳《しゅんげん》だった当時のこと、ましてや二人とも支配階級トップであり、弟が忍従し冷静に身を引いたというのが実情だったはずである。

こういった関係があったとしても、天智天皇の妻となった後も額田王の気持ちは前夫の大海人皇子に想いを残していた、ゆえにこの和歌を贈ったのではないか、とも考えられる。

ここで気になることは、額田王がはたして世に言う天智天皇の妻であったかだが、国文学者の菊池威雄《きくちよしお》によれば、天智天皇の後宮には二五〇人以上いたと想像される「宮人（女官）」で、地位が上位であったとしても、その一人ではなかったかと推測している。おそらくこの推測は正しいだろう。

皇位申し出を断った大海人皇子の疑問

和歌の贈答がされたのは、六六八（天智天皇七）年で天智天皇が即位して年月がすぎていて、天智天皇は嫡男の大友皇子《おおとものみこ》、（六四八（大化《たいか》四）年～六七二（天武天皇元）年）を授かっていた。天智天皇は内心でこの皇子を次の天皇にしようと考えていたのだ。大友皇子は、長じて、前出の十市皇女を妻とし、葛野王《かどののおう》という子を授かった。

このとき天智天皇は、体調が勝れず病床に伏せて、先行きを考えて弟の大海人皇子を枕元に呼び、「わが身はそれほど長くない。つぎの天皇の位はお前に譲る」と伝えた。

しかし、天智天皇の意中の人が大友皇子ということを察知していた大海人皇子は、この申し出をやんわりと固辞。固辞した根拠は天智天皇が大友皇子を太政大臣《だじょうだいじん》に任命していたからであり、これは皇位を大友皇子に譲ることにほかならない。太政大臣はこのとき新たに設けられた役職で、天智天皇の底意を感じさせるものだった。これは天智天皇が後継者として指名したいと考えていた大友皇子への保護と期待を内心で示したものであり、これを大海人皇子が察知したのである。大海人皇子はこのような状況に対して和歌を通して疑問のプロセスを巡らせていたのだ。

そうした状況のもとのおかれていた二人が折口信夫の解釈したような淡い恋をやり取りしただろうか。二人を取りまく状況は、それを許さなかったはずである。

大海人皇子は、その場で髪を切って出家すると応え、皇位に野心がないことを明らかにし、すぐさま吉野《よしの》に引きこもってしまった。天智天皇の申し出をうかうかと受ければ命があぶないと心得ていたからであり、それほど皇位継承にからむ権力闘争は熾烈《せんれつ》で容赦がなく、朝廷内ではさまざまな暗号がとびかい、命を的にした政敵のつぶしあいが日常的に展開されていた。

大海人皇子は、皇位を譲られるといわれたが、それを断って吉野に出家したが、そのような行動をとったのは大海人皇子が初めてではない。それ以前、朝廷で重い地位にいた蘇我馬子《そがのうまこ》直系の古人大兄皇子《ふるひとのおおえのみこ》は吉野に篭もって出家したが、その後、讒言《ざんげん》にさらされ結局、殺害されてしまった。だから出家したからといって身の安全は保障されず、大海人皇子はその事情を心得ていたのだろう。だから、きわめて危険な立場にいたことを充分に自覚していたと考えられる。

問題は、極秘を要する暗号がどのような形でやりとりされていたかである。専門の研究はないが、仮説として想像されるのは、「和歌の頭」ではないかと思う。暗号は、わずかでも疑われたらその使命を果たせないため、日常的にありふれた言葉や振る舞いで誰も疑問を感じないものが最上といって良い。和歌なら朝廷内ではありふれたやりとりであり、しかも異性を口説く座興ならば、毒にも薬にもならないだろう。

いつの時代でも「好きだ嫌いだ……」というのは、興味の対象ではあっても、人の関心は瞬くまに薄れてしまうことが多い。

額田王と大海人皇子の立場は、元夫婦であり、今から見れば未練がましい相聞歌があってもおかしくはなく、聞いていた人たちは「さもありなん」と苦笑してしまったかもしれない。実は、そこが額田王のねらい目だった。当時の貴族は、男女の色恋ざたに比較的ルーズで、自分に実害がなければ寛容であり、それは現在の道徳観とは違ったのだ。もちろん嫉妬はあったが、それは決定的な問題であったとはいえない。仮に天皇にかかわりがあるにしても、単なる色恋ざたなら大事はあるまいと考えたのであろうか。

しかし、この相聞歌はおそらく天智天皇が目にしていなかったのではないかと考えた方が自然だろう。もし狩の後の宴席で披露されたとしても、朝廷の文書係は、いやというほどこの手の和歌を見ているので、言葉として他愛ない恋文まがいの和歌を見過ごして書庫に温めてしまった可能性が大きいとも思える。いうなれば和歌の色紙は、研究者が指摘するように宴席で披露されず、二人の秘め事のまま、書庫に納まり、人目に触れなかった可能性が大きいのだ。額田王は、その可能性を期待したか、あるいは見抜いていたのではないだろうか。

額田王は朝廷内にいて、元夫の大海人皇子が危険な立場におかれていることを案じていた。額田王の前出の和歌には、危険を知らせるため、いくつかの言葉として暗号が隠されているといえるだろう。

「野守は見ずや……」は天智天皇の監視と殺意を示唆している

その証拠が「紫野」、「標野」にいた人物は、「天智天皇」であり、すなわち野守はまさに天智天皇自身を意味しているのである。大海人皇子は、額田王の和歌に示された言葉をすぐに理解しただろう。野守とは、朝廷の薬草園を管理する役人だが、これは幻惑するための表現であり、この場合、天智天皇の監視の目の比喩と言えないだろうか。大海人王子はこれもすぐさま理解し、額田王との間では、「天智天皇による監視と暗殺の意思がある」ことが共有されていた。

そうした意味を知っていた額田王は、

「あなたは兄上に監視され命をも狙われているのですよ。天皇の意中の人は大友皇子です。皇位をあなたに譲るはずがありませんよ……」

という情報を伝えているのではないか。他愛ない和歌の言葉がそのまま暗号として機能しているのである。すなわち額田王は、この一首を周到で戦略的な「疑問のプロセス」を通して作成しているといえるだろう。

古来から現在まで、最高権力者にとってナンバーツーは、常に当て馬であり意中の人は必ず別にいる。大海人皇子は間違いなくナンバーツーであり、中国春秋時代の史書を深く学んでいたから、この事実をよく理解していた。

天智天皇が「つぎの天皇はおまえに譲る」といったが、意中の人物が別にいるのが知られていた。これは、「おまえの命はない」という意味だ。当時の権力闘争の常識からみても当然だった。

大海人皇子の返歌に見られる「人妻ゆえに我恋めやも」という言葉は、「あなたの言うことは、委細承知した」という了解を示唆するものであろう。

仮に天智天皇が額田王の和歌を目にしたとしても、言葉の上からは、

「弟はなんと未練がましい。おろかな男だ」

と軽く受け流したかもしれない。

しかし実際上、天智天皇は額田王の和歌を目にしていなかったと思う。目にしていれば権力闘争の最中だったから、怪しんだはずである。

それゆえに、額田王の暗号伝達は成功した。

四年後に起こった「壬申の乱」の大海人皇子の勝利で証明されたのではないか。

この年の暮れに天智天皇が崩御し、大海人皇子は、六七二（天武天皇元）年引きこもっていた吉野から東国に脱出した。東国といっても、坂東（関東地方）ではない。現在の岐阜県関ケ原《せきがはら》町におかれていたとされる不破《ふわ》の関以南で、現在の滋賀県南部だった。

そこで大友皇子の軍と大海人皇子が東国で招集した軍の間で戦いが始まった。

これが「壬申の乱」であり、大友皇子はこの近江国（滋賀県）瀬田《せた》あたりでの決戦に敗北した。

そして挽回を果たせないまま、自らの命を絶ったのであるが、大友皇子の首は大海人皇子の部下である大伴吹負《おおとものふけい》が入手し、東国の入口だった不破の関に置かれていた行政庁に届けられたといわれている。

大友皇子は、『懐風藻《かいふうそう》』という天平《てんぴょう》時代に編纂された漢詩集に二首の和歌を残している。敵となった大海人皇子の娘が后であり、才能豊かなうえに文武に優れた人物だったという。天智天皇の知恵袋だった藤原内大臣鎌足《かまたり》の娘を側室に迎え、これをひときわ愛したとされている。近江朝の太政大臣で、唐、新羅に滅ぼされた百済からの多くの学者の帰化人、たとえば「沙宅紹明《さたくじょうみょう》」らを賓客《ひんきゃく》としてもてなした。ちなみに現在歴史上では、弘文《こうぶん》天皇とされる。もっとも、大友皇子が

弘文天皇として復権したのは実に一八七〇（明治三）年、なんと明治維新後のことであった。

余情への疑問、貴族の時代の名歌から　名歌その②

熟田津《にぎたつ》に船乗りせむと月待てば潮もかなひぬ今は漕ぎいでな
原文：熟田津尓船乗世武登月待者潮毛可奈比沼今者許藝乞菜
（作者：額田王　万葉集第一巻八、岩波書店）

この和歌について、前出の折口信夫は、以下のように解釈している。

伊予の熟田津で船遊びをしようと、月の出を待っているうちに、月も昇り、潮もいい加減になって来た。さあ、もう漕いで出ようよ。（折口信夫全集　同刊行会編）

「熟田津に……」の和歌は百済救援軍派遣の出撃暗号か

「あかねさす……」の和歌から時代が少しさかのぼるが、六六〇（斉明《さいめい》天皇六）年、朝鮮半島で新羅と唐に攻撃され滅亡した百済の遺臣は、倭国（日本）に支援を求めた。倭国はこの支援要請を受け、翌年年明け、四〇〇隻余にもなる多数の軍船が難波津《なにわづ》（大阪湾）から出発した。航海技術が未熟な当時、すぐに戦闘体制をとって発進というわけにはいかず、まず一定の距離を帆走《はんそう》してから、しかるべき停泊地で戦備を整え、いざ発進ということになる。そのしかるべき停泊地が熟田津であると考えられる。そこで上記の和歌が披露された。

この船団には、「斉明天皇」を指導者に、実質的な指揮官である「中大兄皇子」そして「額田王」も同行していた。船団は一路瀬戸内海を西下、三月末に伊予《いよ》（愛媛県）の熟田津に到着したというわけである。

熟田津は古代の港として利用されていた。諸説があって詳しい場所の特定はされていないが、現在の松山市が有力な説だ。

その場所で、船団は出帆の頃合を測っていた。そのとき額田王が詠んだとされるのが上記の和歌である。

歌の解釈は中西進によれば、

熟田津で船に乗りこもうと、月の出を待っていると、潮も満ちて船出に都合よくなってきた、さあ、今こそ漕ぎ出ようではないか　（新日本古典文学大系一〇ページ、岩波書店）

となっている。これは、夜の静かな海上で朗朗と歌われて披露されたという。だとすれば和歌の披露に併せて音の通りがいい合図の太鼓を打ち鳴らし、船上から松明《たいまつ》を打ち振って、全船団に伝達したのではないだろうか。この様子は、当時としては稀に見る壮大な風景であったにちがいない。

中西進の解釈とは、違うが折口信夫によれば「船遊び」であり「禊《みそぎ》」という理解を示している。この説に関しては菊池威雄が『額田王』（新典社）で以下のようにいっている。

折口以来の一つの考え方であるが、海上での神事、禊がもっとも可能性があるように思う。禊とは罪や穢れを水に流して、心身ともに清浄になることで、そのために祭りの主催者や神に祭りの料を祓《はら》えといったが、厳密な語義の使い分けはなかった。

大祓えは朝廷の公式行事……。額田王の歌は、熟田津で営まれた禊において歌われたものと思う。海へ船を出帆させる寸前の緊迫した一瞬を歌ったものだが、その時点での披露と考える必要はない。(ルビ著者)

これならいかに緊迫していたとはいえ、船遊びは朝廷の年中行事で、日常的に行われた。しかも「月待てば」という言葉から察して、当時としては珍しい夜間の船出だったと想像される。

しかし、この時点でこの和歌を披露するには、別の理由があったのではないか。もし禊や歌の披露が通常の公式行事ならば、和歌の披露は、禊も含めて軍船が出航する難波津で行うのがふさわしい。わざわざ熟田津まで行った時点で、この和歌を披露したのには、特別な意味があったからと考えるのが自然である。

そのとき、あたかも四〇〇隻の軍船が改めて戦備を整えているときである。戦勝祈願の禊や神事を行うだけでなく、和歌の披露にはもっと重大な使命が託されていたのではないか。そうした様子を頭に浮かべながら、もう一度、考えてみよう。

この和歌が披露された意味について、歌人として著名な斉藤茂吉《さいとうもきち》は、その著書である『万葉秀歌』のなかで、帝による発進命令を歌をもって伝達する。

という説を主張している。そして、

作者は女性であっても、集団的に心が融合し、大御心《おおみごころ》をも含め奉《たてまつ》った。全体的なひびきとしてこの歌の表現がある（ルビ著者）

と述べている。

また国文学者かつ歌人の窪田空穂《くぼたうつぼ》は、「軍事の全責任を一身に負っていられるという気宇《きう》をかんじさせる歌である（ルビ著者）」　とまでいい切っていて、諸説ある中でおそらく一番真実に近く、四〇〇隻の軍船に対する発進命令の合図ではなかったのか。しかも発進が夜間だったとすれば、なおさら特別な意味があったと考えて不思議はなく、もう少し突っ込んで考えれば、この発進命令には、「仕掛け」が施されていた。

すなわち歌の中の「月待てば、潮もかないぬ」という文言が発進の暗号であり、それには極めて重要な意味、言い換えれば船団をあやつる船頭である指揮官を含む関係者にしか打ち明けられない秘密があったと考えていいのではないか。

ちなみに第二次世界大戦において、日本軍は、「ニイタカヤマノボレ」あるいは「トラ、トラ、トラ」といった暗号を使っている。

考えてみれば四〇〇隻もの大型船団にくまなく天皇の発進命令を伝えるには、こうした儀式がどうしても必要だったと考えるのが普通の解釈ではないか。単に「発進せよ」と号令をかけただけでは、神事や禊の意義、天皇の威厳や権威が損なわれてしまう。和歌を通しての発進命令だった。

しかも関門海峡を通過した後は、波荒い玄海灘を越えて、当時、世界的な帝国だった「唐」そして東アジアにおける戦乱を経験している「新羅」と矛《ほこ》を交えるのである。そのうえ四〇〇隻の軍船を用意するという行為は、当時の倭国の国力からみて未曾有《みぞう》の大事業であり、生半可《なまはんか》な覚悟でできることではなかった。

それゆえに、熟田津の和歌に「暗号」をこめた言葉を挿入し、天皇の内意を込めた意志を伝えた意義はきわめて重大だった。こうした方法は、兵士の戦意を奮い立たせる意味があったと考えても不思議はない。

「暗号」という言葉は、もちろん当時は存在していないし、第二次世界大戦当時では、時代が大きく違う。第二次世界大戦では、比較できないほど緻密な機械を利用し、はるかに巧妙な手法が駆使されたはずだが、暗号を使うという点では同じ発想である。

そこで気になるのは、わざわざ「潮もかないぬ」という言葉で発進指令をする必要はなく、単純に「発進」でいいのではないかという疑問もある。これについては、今述べたように天皇の威厳を保つ意味が大きい。

それでこそ熟田津で歌われた和歌は、「貴族の暗号」と呼ぶにふさわしい。

ちなみに朝鮮半島では、新羅中期から高麗《こうらい》時代に、「郷歌《きょうか》」などの定型詩が伝わっている。また李氏《りし》朝鮮時代になってから「時調《じじょ》」という定型詩があって、今に伝わっている。これらの詩には、梅やホトトギスなど自然風物が詠まれていて、豊かな詩情が詠まれているが、和歌のような「余情」を感じることはない。これらの詩歌は、文字数は短いが、日本の俳句の元祖といってもいいのではないかと私は考えている。

情報感度が試された倭国

百済への救援海路は、関門海峡までは瀬戸内海であるから比較的楽であったと思われる。潮流が早い場所もあるが、航路に通じた水夫も多かったからである。すでに遣隋使あるいは遣唐使が派遣されていた時期で、航路が開発されていたという事情もある。

派遣された船団の航路としては、博多から朝鮮半島南部を通り仁川《じんせん》経由で中国の山東《さんとう》省に至るいわゆる北路が使われたと考えられる。

唐は当時の世界最大級の帝国であり、相手の唐と新羅は倭国に情報網を張っていて倭国船団の出発を知って待ち構えていた、と考えて間違いないだろう。

前にも書いたが、すでに唐と新羅の連合軍によって百済は滅亡していた。百済の遺臣たちは、倭国に亡命して、百済復興の救援を求めていた。その要請に対して、斉明天皇と実質的な宰相である中大兄皇子も百済救援の軍を起こすことに同意した。

百済の遺臣は、鬼室福信《きしつふくしん》と黒歯常之《こくしじょうし》らで、彼らは百済復興の兵をあげた。そして、倭国に滞在していた百済王の太子「豊璋《ほうしょう》王」を擁立しようとしていた。

そうした最中、六六一年七月、倭国の遠征軍は、総司令官だった斉明天皇が逝去《せいきょ》するという大事件に見舞われた。遠征は大幅に遅れたが、中大兄皇子が決断し、六六三（天智天皇二）年八月、船団は白村江《はくすきのえ》に到着し、歴史に残る戦いが始まったのである。

当時、倭国と百済の関係は緊密だった。歴史をたどれば、六世紀中頃、百済から倭国へ仏教が伝わり、人の往来も盛んだった。ちなみにこのころ、百済の古墳には、日本式の前方後円墳が作られ、同じ形式の出土品もある。だから、倭国の高位にいた貴族が百済に渡っていた可能性もあるだろう。また、来日した百済王朝の豊璋王子は、倭国において知識人として朝廷で重く遇されていたらしい。

一方の「新羅」の武烈《ぶれつ》王は、唐と親交があり、唐の制度に倣って制度を作り、なおかつ同盟関係を結んでいた。

朝鮮半島では、北部で唐と高句麗《こうくり》が戦いを始め、南部では、百済が新羅へ侵攻し、挟撃された新羅は唐に救援を要請した。しかし六五九（斉明天皇五年）年、斉明天皇は、遣唐使を百済と敵対する唐に派遣。なぜ日本は敵対していた唐に使節を派遣したのだろうか。

唐の高宗《こうそう》は、新羅とともに百済の都であった扶余《ふよ》を攻め、ついに百済の義慈王《ぎじおう》は降伏し、六六〇年に滅亡した。百済の滅亡は、倭国にとって、衝撃だった。その後、百済は失地回復のために、鬼室福信が中心となり百済の元有力貴族が反乱軍を結成した。同時に、鬼室福信は百済王朝再建のため倭国に支援を求めたのである。

鬼室福信の要請に対して、斉明天皇は百済王朝再建を約束し、自ら飛鳥の都を出て多数の軍船を用意して出撃したのである。同行者には、中大兄皇子、大海人皇子、大田皇女、額田王、中臣《なかとみの》鎌足《かまたり》の他、多数の従者がつき従った。

しかし、先に述べたように、その途中、斉明天皇が六八歳で急死してしまった。しかも肝心要の百済では、王の地位を巡って豊璋と鬼室福信が対立していたが、百済に帰国した豊璋は百済王となった。最初のうちは、鬼室福信と協力、戦いを有利に進めたが、そのうち両者は考えが合わず対立し、結果、豊璋は、鬼室福信が謀反を企てたとして、殺害してしまうという事件が起こった。

一方、六六三年三月、中大兄皇子は百済に、船団四〇〇隻と二万七〇〇〇人の兵を三軍編成で送ったわけである。この年の八月、両軍の戦端がきられた。そして、錦江《きんこう》河口の白村江で、唐軍と百済・倭国連合軍が激突した。この戦いで、倭国軍は唐の水軍によって軍船四〇〇隻の大半を失って大敗し、このとき百済の王、豊璋は逃亡する。唐は五年後の六六八（天智天皇七）年には、余勢をかって高句麗も滅ぼした。

その後、倭国軍は、亡命を希望した多くの百済人を伴って帰国したが、唐・新羅軍の追撃やそのうえの侵攻に備え防衛体制を固めた。

防衛の拠点として日本各地に山城や水城《みずき》が築かれた。古代のことなので、築城技術もそれほど優れたものではなかったが、これに百済からの亡命者の知識が活用された。

特に、当時、築かれた山城は、大陸に近い西日本を中心に造られた。代表的な山城は九州北部にあった。たとえば大野城《おおのぎ》（福岡県）、基肄城《きびじょう》（福岡県佐賀県）などで、これらは『日本書紀』に記述されている。

白村江の戦いで敗れた当時の朝廷は、百済から亡命した多くの人たちを登用し、各地に城を築かせた。現在でもその遺跡が残り、確認できる山城は二〇を越している。『日本書紀』によると、六六五年、長門城《ながとのき》（山口県）、大野城、六六七年、基肄城《きびのき》、高安城《たかやすのき》（奈良県）、屋島城《やしまのき》（香川県）、金田城《かなたのき》（長崎県対馬）などの山城が記載されている。

それまでの山城は土を固めた壁を廻らしてはいるが、防衛設備としては軟弱だった。これに対してこれらの百済式の城は、自然の山を利用しながら多数の石を積み、石垣を築造している。こうした城は、形態や構成が朝鮮半島で見られる山城に似ているため、百済から亡命してきた技術者の指揮によって築かれたものと考えられる。また、城の内部には、兵士の宿舎や堀をめぐらすための水門が設けられていて、防御施設としては、かなり堅牢だった。

城の多くは朝鮮半島から渡来した専門家の知識をえていた。とりわけ北九州の政庁があった大宰府には、大規模な城の遺跡が残されている。

記録としては、『日本書紀』に、六六五年八月に百済から逃亡した「憶礼福留《おくらいふくりゅう》と四比福夫《しひふくふ》」を筑紫国に派遣、大野城と基肄城を築かせたという。鞠智城《きくちのき》（熊本県）も彼ら百済人の指導によって同時期に築かれたのではないかと思われる。この遺跡からは、二〇〇八（平成二〇）年の発掘調査で、百済系の青銅の菩薩立像が出土している。

白村江の戦いについて、当時の倭国は、敗戦の事実を隠さなかった。敗戦によって、日本は身の程をよく理解し、国際情報を情緒で感知したのではなく、論理で理解したといって良いかもしれない。

こうした国際社会に明るい状況は、滅亡した百済はいうまでもなく、その後、唐に滅ぼされた高句麗からも、実に多くの帰化人が日本に亡命してきていて、おのずと諸国の内情がもたらされたからである。

当時の天智天皇から天武天皇の時代、日本は、律令国家に脱皮したが、こうした国としての体制変革は、唐など当時の先進国からの影響によるものだった。ちなみに倭国の王が自らを天皇と自称したのも、この時代である。

国際感覚が磨かれた倭国

六世紀から七世紀は、唐をはじめ高句麗、新羅、百済、渤海《ぼっかい》、倭国などの諸国がひしめいて、情勢が緊迫していた。それは、中国、韓国、北朝鮮、日本そしてロシア、アメリカがひしめいて、お互いの腹のうちを探り合う現在の東アジア情勢と酷似している。が、当時、東アジア情勢は、そのまま国際社会だったから、現在よりもはるかに情報感度が試されていた。ちなみに当時の倭国は、戦った唐や新羅にも使節を派遣していたうえ、高句麗滅亡後に興った渤海とも深い外交関係を築いていた。

これらは、いずれもしたたかな外交である。この一事をみても当時の倭国は、現在の日本より国際情勢を論理的に、かつ戦略的に深く理解していて、疑問のプロセスが生きた「和歌の頭」が機能していたのである。

では、倭国と深い関係にあった百済は、どういう国だったのだろうか。

百済は、高句麗などと同じツングース系民族の国だったというが、一方で朝鮮系の夫余《ぷよ》語族という説もある。ツングースは、中国の歴史書『漢書《かんじょ》』に記された「東胡《とうこ》」のこととされている。いわゆるアジアの北方民族で、ブリアートやオイラート、女真《じょしん》族や清朝を開いた満州族などと同じ系統の民族である。

百済の基盤を築いたのは、ツングース系から分岐した夫余語族との説が有力だ。中国の史書『隋書・百済伝』には、百済の先祖は高句麗人であり、その国には、新羅人、高句麗人、倭国人のほか漢人もいると記されている。要するに移民が多かったということで、それだけ国際色が豊かだったのだ。これは高句麗を創設した「朱蒙《しゅもう》」という人物のおおらかで開明的な姿を伝えている。

百済の建国は、朝鮮の『三国史記』のうちの『百済本紀』に詳しく、前漢末期、高句麗の始祖とされる「朱蒙」の子どもの「温祚《おんそ》」とされている。百済の王は『古事記』には、それよりはるかに後の一四代天皇の「応神《おうじん》天皇」のころ「照古王《しょうこおう》（肖古王）」の名が登場し、首都は、現在のソウルで、「漢城」と呼ばれた。

このころ百済は、たびたび高句麗と戦っている。そのために百済は、中国の東晋《とうしん》や倭国と友好関係を結んだ。六世紀に入ると、新羅が大きくなり、それに対応するために百済は倭国とのつながりを強めたのである。

この時代、高句麗、新羅、百済がせめぎあい、百済は新羅と対立。仏教の先進文物や経典や弥勒菩薩半跏思惟像《みろくぼさつはんかしいぞう》などの仏像、学者（博士）などを倭国に送り、友好を深める。新羅は唐に支援を求めたため、高句麗と戦っていた唐は日本からの遣唐使を新羅経由で帰国させた。これは新羅への配慮だった。すなわち、東アジアは、「百済・高句麗」と「新羅・唐」二同盟の対立となっていたが、倭国は、前者との連携を強めた。六六〇年、唐の蘇定方《そていほう》将軍は、山東半島から海を渡って百済に上陸し滅ぼした。

唐は、当時、アジアの超大国であった、占領した百済に都督府《ととくふ》を設けて、直接支配を図る。しかし、唐軍が帰国すると鬼室福信や黒歯常之などの百済遺臣が反乱を起こし、先に述べたように、倭国は、阿倍比羅夫《あべのひらふ》を指令官とした陸上兵力を招集。斉明天皇と中大兄皇子が船団を派遣、白村江の戦いで大敗したわけである。

こうして国際間のパワーバランスをにらみながら日本は、危機を乗り切ることに腐心したが、これに一定の成功を見たのは、国同士が激しい離合集散を繰り返し、情報戦が行われた国際情報に対する感度を磨いたからである。

第二章　武士の時代の和歌からわかること

日本の歴史の多くの時代に武士が登場する。時代を担っていた武士は、どのような考え方をもっていたのだろうか。実は、彼らは粗野で暴力だけに長けていたのではない。その姿を探ってみるのは興味ある課題といえる。

平重盛の論理とは

平重盛が鹿ケ谷の密議でみせた危険な対処法

日本にも難しい問題に論理で対応した人物がいた。平重盛《たいらのしげもり》だ。それを伝えるシンボル的な出来事が「鹿ケ谷《ししがたに》の密議」だった。後述するが、この出来事の処理で重盛は、論理的な解決をした。

歴史に伝えられた「鹿ケ谷の変」といわれる事件は、一一七七（安元《あんげん》三）年三月に発覚した。これは、当時全盛を誇った平家打倒の陰謀として知られている。この事件については、『平家物語』のほか、慈円《じえん》という僧侶によって著された『愚管抄《ぐかんしょう》』や、歴史書として知られている『大鏡』などにしるされている。

さて事件としては、一一七七年三月、後白河法皇は、摂津国福原《せっつふくはら》（兵庫県神戸市）で催された千僧供養から帰京した。そのとき町では延暦寺《えんりゃくじ》僧兵が藤原師高《もろなお》の追放を朝廷に要求するための強訴《ごうそ》として、下山する噂が流れていた。詳しい事情は省くが、この強訴は領地争いが理由であり、噂は本当のことで、強訴に及んだ僧兵が担いでいた神輿《みこし》を警護の武士が矢で射抜いてしまい、恐れた僧兵は、神輿を放置して逃げ帰ってしまった。

この争いは、師高の解任と尾張への流罪で決着を見ることになった。

矢を射た武士は、平清盛の嫡男であり左大臣の職にあった重盛の部下たちで、譜代の若武者六人。重盛は遺恨が残らないだろうと判断し、自ら進んでその旨を申し出たのであるが、これで事は収まらなかった。

師高の父は、西光《さいこう》こと藤原師光《もろみつ》であり、後白河法皇の子飼いの臣下だった。平清盛の嫡男・重盛は、この西光と親しい藤原成親《なりちか》の娘と結婚し、後白河法皇への忠誠を誓っていた。

流罪になった師高の父・西光は、現在の京都東山の麓の俗に鹿ケ谷という地にあった山荘に後白河法皇のほか藤原成親、同族の平康頼《やすより》、当時の天皇家の氏寺の法勝寺《ほっしょうじ》の責任者である執行であった俊寛《しゅんかん》など数人と集まって、かねてから後白河法皇や貴族を軽んじていた平家を打倒するための密議をもった。実際、彼らは、子飼いの武士を集め、武器も用意したのだ。

この密議に関する記録は、『平家物語』に詳細に書き残されているが、その一部について要約してみよう。


この謀議は、意外な人物から清盛の耳に入ったのである。

多田行綱《ただゆきつな》という武士が、密議の仔細を知るにおよんで、心に迷いが生まれた。行綱は、摂津国多田の庄（兵庫県川西市）の多田源氏の嫡流である源頼盛《よりもり》の嫡男で、武士の家柄として一流だった。

密議に臨んだ面々のうち成親だけは、計画を成功させるには、見せ掛けの勢いだけでは成功しないと行動を抑えた。多田行綱も平家打倒の企は無理だと進言。行綱の行動は『平家物語』には

以下のように書かれ、慈円は『愚管抄』に同じように記している。現代語訳で説明する

平家は強く、その栄華は、簡単に打ち破れない。もし、こうした計画が漏れるようなことがあれば、命がない。この計画に加わった私がまっさきに命をとられてしまうので、身を引くに限る。そこで、他人の口から通報される前に、自分から事の顛末《てんまつ》を清盛さまに知らせ、わが命を繋ごうということにした。


行綱の行動だが、一一七七年五月、夜更けに平清盛の屋敷すなわち西八条に赴く。

「申し上げることがあり、参上しました」

と館の門番に告げ、門をくぐった。それを聞いた清盛は怪訝《けげん》な表情で、

「いつもは来ない者の参上とは何だ。話を聞いてまいれ」

と、配下の平盛国《もりくに》に命じる。


「とても人を介しては申し上げられません」

行綱は対応に出た盛国に申し出た。

「それならば直接、話を聴くことにしよう」

清盛は自ら中門の廊下にたった。

「夜更けというのに、何事か」

と清盛。

「昼間は人目があるため、夜陰にまぎれ参上いたしました。このたび、院《いん》の中の人々が兵具を整

え、軍兵を集めていますが、どのように思われますか」

「是非もない、後白河法皇が山門（延暦寺）を攻めようとしている。そのためかと思っておるが……」

と清盛はなにごともないように口にした。

「それではございませんぞ。清盛さまを攻めるつもりです」

行綱は、清盛に近づき、声を低くして真顔で告げる。

清盛がにわかに気色ばむ。

「なんと、それは、後白河法皇も知ってのことか」

「存じております。院中の事務を統括する別当の藤原成親卿が軍兵を集めたのも、院宣をもってしたことです」

と行綱は答え、その上で、康頼や俊寛が口にしたこと、西光が何をしているのかなど、大袈裟に言い叫んだ。

「それがしは、抜けてまいりました」

と最後に付け加える。

清盛は、大声で配下の武士を召集する。

密議の顛末を通報した行綱は、密議の証人に引き出されると思い、事の重大さに恐れをなした。行綱は、広い野原に火を放ったように気も動転してしまい、その場から逃げるように退出した。

密議が発覚した結果、清盛の手で首謀者が捕縛された。西光は斬首、成親は流罪の途中に処刑され、その他、関係者多数が厳しく処断され、清盛の威勢を示す出来事だったのだ。

忠ならんと欲すれば孝ならず：重盛は論理で対応

この事件で、清盛の嫡男である重盛は、首謀者の成親の娘を妻にしていた。だから法皇に忠誠を誓っていたのであり、立場は、非常に微妙である。しかし、この事件の対応で、重盛は、曖昧な妥協はせず、論理的な対応をしたのである。

争いでは常に戦後処理が問題になるが、その点で歴史通の間では、重盛の対応が注目されている。

この事件後、栄華の絶頂にあった清盛は、本当の首謀者であった後白河法皇に手を出せなかった。もちろん清盛は、その事実を知っていたし、後白河法皇を処断するつもりでいたうえ、憤怒の思いは非常に強いものがあった。

それを思いとどまらせたのは、ほかでもなく重盛だった。

清盛は、密議が発覚したとき、法皇を捕縛して幽閉する計画だった。そのため、法皇に仕えている武士である北面の武士と一戦を交えることを覚悟し、出家していたにもかかわらず、自ら鎧を身につけ出陣体勢を整えていた。場面は鮮血がほとばしりかねないほど緊張していたのだ。

しかし、驚くべきことに、その場に重盛が平装姿で太刀も帯びずに現れたのである。

そして、形相激しく殺気だつ清盛の前にたった。

そのときどのような会話が交わされたのだろうか。

伝聞によれば、重盛は清盛に向かって

「忠ならんと欲すれば孝ならず。孝ならんと欲すれば忠ならず。重盛の進退ここにきわまれり」

という言葉を吐いたという。

重盛のこの名言は有名で、戦前の小学校教科書にも登場している。
それによれば、重盛は涙を流しながら、

恩を知つてこそ人といへるのです。おのれをわきまえない者は、鳥やけだものと同じです。恩の中で、いちばん重いものは、主君の御恩です。まして、わが家は桓武天皇の御末《おすえ》であり、一時期、衰へましたが、父上の代になって大いに立身出世されました。私のようなものでさえ高い官位をいただいています。これは、君の御恩ではないでしょうか。もし、この御恩を忘れて、天皇の御威光を疎《うと》んじるなら、たちまち神罰を受けるでしょう。一族はやがて滅びます。にもかかわらず、父上が法皇を討つというのなら私は、兵をもって法皇をお守りします。しかし、父上に歯向かうことも、子として堪へられません。もし父上がどうしてもこの法皇を討つというのであれば、まず私の首をはねてからにしていただきたい。

それを聞いて、清盛もしばし思いとどまったという。
そうした伝聞について、江戸時代後期の著名な学者で歴史家・漢詩人・儒学の一派の陽明学者でもある、『日本外史』の著者の頼山陽《らいさんよう》は、『日本楽譜《がふ》』に次のように記している。

八條の第中《ていちゅう》に旗幟《きし》翻《ひるがえ》る。相国《しょうこく》は鎧をまとひ馬は鞍を装す。烏帽子《えぼし》。来るものは誰氏《たれ》ぞ。何ぞ冑《ちゅう》せざる。国に寇《あだ》無し。能《よ》く阿爺《あや》をして起ちて緇《し》を襲《かさ》ねしむ。襟《えり》は鱗甲《りんこう》を吐きて我が児に愧《は》づ。公《おおやけ》に随《したが》はむと欲する者は。吾が頭《こうべ》の墜《お》つるを待て。烏帽子《えぼし》の上に青天《せいてん》あり。帽子猶《なお》在れば天墜ちず有名な「衣の下に鎧がちらつく」という諺《ことわざ》まで生んだ内容として知られている一文である。

「旗幟翻る」はたくさんの武士が集まった様子を意味し、相国は清盛の別名。その清盛が鎧を着て騎乗しまさに一触即発の状況に、平時の「烏帽子」姿の侍がいて、それが重盛だった。

「何ゆえ武装されぬ？」

と異母弟の宗盛《むねもり》が咎める。

「軍事権は近衛大将の自分が持っているが、その自分が武装するとはどのような国難が起こったのか」

平然と答えた。

重盛の申し立てを聞いた平常心を忘れていた清盛は、われに還り、着ていた鎧の上に慌てて黒い僧衣を重ね、その僧衣で鎧を隠した。しかし、慌てて僧衣を着たため襟元から鎧の一部が見えてしまい、清盛は重盛に対して恥かしく思った。

重盛はいった。

「父上に従って法皇を捕らえに行こうと思う者は、まずこの私の首が落ちるのを待ってからにしろ」

『平家物語』によれば、重盛のその言葉に対して清盛は、現代語訳すると以下のように答えた。

「自分はもう老人だから子孫の事を考えただけの話である。後はお前の好きなようにやるが良い」

こうして、重盛は論理的に父の清盛を説得したのである。

重盛の説得は、窮余《きゅうよ》の一策と理解されるが、実は、きわめて論理にかなった対応である。なぜなら、対立する両者のいずれにも立てない自分の立場を冷静に理解していたからである。

要は、出口のない事実と向きあった上での対応においては傍目には情けないような印象を受けるが、論理的に納得できる。

これは重盛だけの偶然の、かつ例外的な出来事だったのだろうか。

そうとばかりいえない話がある。

余談として話がずれるが、平安時代末期、ネストリウス派キリスト教の神父が日本にやってきて、上流階級を中心に布教を試みたという話がある。もし重盛が神父と接触し、教えを得たとすれば多少の影響を受けたかもしれない。

というのはこの派の始祖であるネストリウスは、キリストが神であるという「三位一体」説を否認したのだ。彼は四世紀の人物で、ローマ帝国によるキリスト教公認後、アレクサンドリアと並ぶオリエント世界の本拠地であるシリアのアンティオキアの神学者だった。「三位一体」説を否認しただけでなく、同時にオリエントに普及していた聖母マリアも「神」であるとしたマリア信仰にも疑問を投げかけた。要するにキリストは、神ではないという合理的な解釈を主張したのである。これによってネストリウスは、キリスト教世界から異端として追放されたのだ。異端に対してキリスト教は、きわめて峻烈《しゅんれつ》であるが、仏教にも異端批判は多い。ちなみに日本でも親鸞が『嘆異抄』を著わし、異端を激しく批判している。

おそらく重盛はこうした情報を知って、異端になろうとも合理的に考え自らを貫き通すことの、大切さを理解していたといってはいい過ぎだろうか。このような行動を見ているとそう思えてならない。

平重盛という人物は優れた武人だった

緊迫したその場で、いきりたつ清盛を思いとどまらせた重盛という人物は、どのような人だったのだろうか。

重盛は、文武に優れ、平家のなかで最も大きい存在だったという。一一五九（平治《へいじ》元）年の平治の乱では、重盛の采配で戦勝をもたらしたうえ、「驕る平家」との風評の中にあって人格者だったともいわれる。

それだけでなく、重盛はたしかに嫡男であるが清盛の正妻時子《ときこ》の子ではなく、宗盛、知盛《とももり》、重《しげ》衡《ひら》らとは異母兄弟だったので、幼少の頃より孤立し相談相手もすくなかったという。重盛の武勇は、かなりのもので、一一五六（保元《ほげん》元）年一九歳の時の保元の乱では、剛勇で鳴った義経の叔父である源為朝《ためとも》の凄さを見せ付けられたが、それに刺激され、一戦を交えたという逸話が伝えられている。それのみならず、平治の乱では義経の異母兄源義平《よしひら》とも刃を交えている。

重盛は、「平家に非《あら》ざれば人に非ず」とまで云われた平家の最盛期に、少しもたかぶらず、公卿に無礼を働いた一族の者を抑えたうえ、戦場では武勇第一の武将ぶりを発揮した。

たとえば、保元の乱に於ける源氏側の英雄は源為朝、平治の乱における源氏側の英雄は源義平であった。当時は「悪」というのは強いという意味であり、義平は悪源太とも称された。

この乱は、平家の勝利を決定した。両乱における英雄は、実際には重盛一人だけだったと私は考える。とりわけ、平治の乱は重盛の武人としての決断と勇戦によって平家が勝者となったといえるだろう。残念ながら重盛は、「鹿ケ谷の密議」後、二年後、四二歳という若さで父の清盛より早く病没してしまったが。

鹿ケ谷の密議の一件は、以上の通りとされているが、一部に疑問を感じるとすれば、本当の話だったのだろうかという点だ。たとえば歴史学者の川合康《かわいやすし》は、史実ではなかったと述べている。そうであれば、前出の重盛の話はあやしいことになり、平家物語の話も信用していいのものか不安を覚える。

しかし、それはありうるのだろうか。

この鍵は、多田行綱という人物の行動にあるのではないか。

行綱は、京においては法皇に仕える武士として活動していた。清盛も若くして摂津に勢力を蓄えていた時期であり、意外にも摂津源氏と友好関係があった。しかし行綱は、今述べたように法皇の命令で動く上級武士である北面の武士の職にあり、法皇を首魁《しゅかい》とした平家打倒の密儀を清盛に伝えたか疑問が残ることになる。

もし清盛への密告があったとすれば、行綱が清盛を恐れていて、清盛に恩を売っておけば、その後の身の安全が図れるという打算も働いたかもしれない。

一方で、行綱が密告したことが法皇サイドに露見すれば、逆に身の破滅を招く。ところが、行綱は事件後も法皇の命令で京都や摂津で軍事行動を行っている。さらに、一一八三（寿永《じゅえい》二）年、上洛した木曽義仲《きそよしなか》が法皇の館を襲撃した「法住寺合戦《ほうじゅうじ》」に際しては、法皇を守るために義仲と戦った中心人物である。こうなると行綱の密告が本当にあったのか、疑問にもなる。

そこで視野をもうすこし広くして考えれば、当時の武士と法皇さらには貴族との関係は、人間の信義ではなく、お互いの打算でくっついたり離れたりしている。朝廷と武士との関係は、乱れていたのである。法皇や貴族もその点をよく心得ていて、武士を都合よく使いこなしていたという事情がある。あの清盛と後白河法皇ですら、最初の頃は付いたり離れたりしていた。そう考えれば行綱の行動も納得でき、『愚管抄』にも密告ではないが、清盛と行綱が会談したという記述がある。

信義を重んじた重盛のような考え方をもった武士は、例外的な存在だったのである。

また、そのころ法皇や貴族などの朝廷と平家の関係は、きわめて冷えていた。朝廷は、武士を召使いていどに考えていた時代が長く続いていたわけだから、武士が官位を受けて、政治に関与することは、我慢ならなかったのである。法皇が平家を追いだしたかったのは、よく理解でき、謀議が成されたとしても不思議はない。『平家物語』も平家が滅亡してから朝廷の命令で書かれたという説もある。

奢《おご》れるものは久しからず、ただ春の夜の夢のごとし……

という記述は、朝廷側の視線といえるのではないか。

当時の書物は、中国伝来の古い仏教経典を除けば、歴史書はいうまでもなく勅撰和歌集などもすべて朝廷のチェックを受けた。今でこそ評価が高いが、あの『源氏物語』や『枕草子《まくらのそうし》』は公的な書物とは認められなかったという説を耳にしたことがある。ちなみに『方丈記《ほうじょうき》』や『徒然草《つれづれぐさ》』も同様で、チェックされず、比較的自由なことが記されているという話も聞いたことがある。もちろん真偽のほどは定かでない。

ところで、朝廷に嫌われた平家の事蹟を記した『平家物語』の冒頭には、以下のような有名な言葉が記されている。

祇園精舎《ぎおんしょうじゃ》の鐘の声諸行《しょぎょう》無常《むじょう》の響きあり沙羅双樹《さらそうじゅう》の花の色盛者必衰《しょうしゃひっすい》の理《ことわり》をあらわすおごれる人も久しからずただ春の夜の夢のごとし猛《たけ》き者もついには滅びぬ

「祇園精舎」とは古代インドコーサラ国の寺院であり、釈迦が最初に説法をした場所だという。釈迦が説教をするとき鐘をついて知らせたという話が伝わり、このとき釈迦は、大仰な教説を説いたわけではなく、「人は日々の中の一瞬一瞬を大事にしなさい」という趣旨で諭したとされる。

さて、この冒頭をどう理解したらいいのか。いうまでもなく「無常」とは常ならぬこと、限りがあるという意味だ。これは現代にもそのまま通用し、たとえば終生の権力を手中にした中国や北朝鮮の独裁者もこの例に漏れない。この冒頭の一文はいかにも情緒に満ちた表現と感じるかもしれないが、実に歳月を超越した理にかなった論理である。ちなみに、コーサラ国は、ガンジス河上流の古代国家で紀元前二六〇〇年頃に存在した。

平家物語の有名な一文は、平家の滅亡を嘆くのか、平家の奢りを皮肉って、「そらみたことか！」と嘲笑するのか、読む人が自らの反省にするのかは、人それぞれである。しかし、法皇の許可で出版されている以上、平家の滅亡を安堵した底意がみえなくもない。この底意は隠され、情緒と涙で語られたといえないだろうか。しかしもっと大事なものは、日本人の精神に影響した「無常」

であり、「余情」とともに日本の精神性の重要な要素である。「無常」について多くの人が情緒のように感じているが、実は無常は仏教由来の考え方である。常に変化する人間の姿を映していて、武士の姿について事実を伝えている。すなわち、明日の命も知れない常ならぬ、特に争いに生きる武士を筆頭とした人間の姿を理路整然と示したものであり、この言葉の背後には、人の生死にたいする不安と疑いが見えているのである。

源実朝の和歌からわかること

実朝の和歌には暗殺の余情が隠されていた

出《い》でていなば主《ぬし》なき宿と成りぬとも軒端《のきは》の梅よ春を忘るな　源実朝《さねとも》

この和歌は、源実朝の詠んだ代表的な作品として知られている。実朝は、一二一九（承久元《じょうきゅう》）年、鎌倉の鶴岡《つるがおか》八幡宮の石段途中の大銀杏の脇で、実朝の兄・頼家《よりいえ》の二男である甥の公暁《くぎょう》に殺害された。悲惨な事件が起こった日は雪の降る寒い日であり、上記引用の和歌は、事件の朝、実朝が館から出かける際に詠んだとされる。

この和歌は、鎌倉時代の歴史書『吾妻鏡』には、「庭の梅を覧《み》て禁忌《きんき》の歌を詠《えい》じ給ふ」と記され、「禁忌の歌」という言葉は「不吉な歌」という意味である。実朝は出かけるときに自分の髪の毛を一本抜いて傍らにいた家臣に記念として渡し、そのすぐ後に「禁忌の和歌」を詠んだという。

しかも門を出るときにいつになく鳩が鳴いていたとも記されている。

この情景は事件の大きさを考えれば、創作の可能性はかなり濃厚だが、『吾妻鏡』の作者が後知恵で創作したにしては、出来過ぎている。それにしてもこの和歌は余情としては、あまりにも不吉であり、単純に読んでも危ない情報が感じとれる。

実朝の命が危ない状態にあったことは当時から世情に知られていたし、実際、頼家暗殺後にも、公暁の事件前に北条時政《ときまさ》が実朝の暗殺を企てている。成功はしなかったが、実朝がこの企てを知らなかったとは考えられない。また、まだ一〇代だった公暁が実朝を父・頼家の仇討と誓っていたころである。少年の公暁が家臣たちの甘言に踊らされても不思議はないし、実朝がそれを感じていずれは身の危険を悟ったことも不思議がない。

鎌倉の権力は武士の論理が表に出て、おのずと剥きだしの権力欲が沸騰していたのだ。

案の定、頼朝以後の源氏は一族郎党《ろうとう》を含めて悲惨な運命をたどっている。頼朝生存中、は静かだった鎌倉幕府は、頼朝が没してから、それを待っていたかのように郎党間に激しい権力闘争が発生し、その中心にいたのは北条義時《よしとき》だった。腹心だった梶原景時《かじわらかげとき》、頼家の義父の比企能員《ひきよしかず》、頼朝の異母弟の阿野全成《あのぜんじょう》らが次々に暗殺され、犠牲者は驚くべき数にのぼった。

それだけではない。第二代将軍頼家さえ暗殺され、以後は糸が切れたように畠山重忠《はたけやましげただ》、和田義盛《わだよしもり》といった重臣がたてつづけに暗殺された。まさに陰謀と暗殺がこれほど多い政権はその後も少なく、そうした状態であったから頼家暗殺後に第三代将軍を継いだ弟である実朝に何か不吉な事件が起こっても不思議はない。

だから実朝自身、身にせまる命の危険を肌身で感じ、自らの死すらも予見していてもおかしくなく、それが和歌に現れていたともかんがえられるだろう。

実朝を殺害した若い公暁はおそらく家臣の誰か三浦義村《みうらよしむら》あたりに、

「あなた様のお父上を殺害したのは実朝さまですぞ」

と吹き込まれたのであろう。三浦は北条と気脈を通じていたのかもしれないが、公暁はそれを真に受けて凶行に出たとも考えられる。

公暁は傍らに実朝の首を持ち、後見人だった備中阿闍梨《びっちゅうあじゃり》の家に身を寄せた。そこで公暁は飯をたらふく腹におさめ、信じていた三浦義村に使いを出し暗殺計画が成功した旨を知らせたが、三浦は公暁には「迎えをだしましょう」と応え、その実は追手を出し公暁を騙し打ちにしたのだ。

和歌の教養の乏しい武士も受け身的に和歌の頭があった

鎌倉幕府の惨憺《さんたん》たる血の内紛には、理由があった。

源平合戦に勝利した源頼朝は、京の都から遠く離れた鎌倉に郎党の助けを借りて幕府を開いた。頼朝が鎌倉を拠点としたのは、平家が貴族の影響を受けて軟弱になったから、という説があるが、貴族の頂点の帝《みかど》という存在がある都だったから、平家にはそれほどの激しい内部闘争が起きなかった。しかし、帝がいない鎌倉には、内部闘争を抑える「重し」がなかったのである。

万葉時代から日本人の頭には貴族由来の和歌があった。しかも昔から和歌は貴族が繰り広げた情報戦の主要な武器であったが、関東の武士の世界には武器としての和歌が貴族ほどのことはない。武士には腕力が必須であり、教養と名のつく知識は、二の次だったが、だからといって武士が論理的でなかったわけではないだろう。ただ、彼らの多くは知的な世界では、「和歌の頭」からは受け身的な影響を受けていたにすぎなかったのではないか。

北面の武士や御家人などは例外だが、わずかな土地しか持たぬ、地方の半農の下級武士などはほとんどが、貴族ほどには和歌を詠む教養がなかっただけでなく和歌の論理を理解する知能も乏しかった。それゆえに白紙にも近い多くの武士の頭は無意識のうちに「和歌の頭」に染め上げられて、武士のみならずすべての庶民の姿も同じだったろう。

もちろん和歌の教養を身に付けた支配層に属した武士もいたが、そうした人の多くは武士の世界を離れて出家し、次の項で語る西行《さいぎょう》がその典型であるが、ほかに名が知られた人物の一人に「文《もん》覚上人《がくしょうにん》」、という真言宗の高僧がいた。文覚は、旧名を遠藤盛遠《えんどうもりとう》という天皇を守る北面の武士だったが若くして出家し、後白河天皇に強訴したため伊豆に流され、伊豆であった頼朝に平家打倒を訴えたことで知られている。

こうした和歌に優れた武士は、和歌の余情の音律に隠された心の癒しに引き付けられたのかもしれず、心の癒しは、和歌が持つ現実的であり時に危険な情報を、余情の領域に秘匿されるほど「癒し効果」が膨らむのである。これを見落としてはならない。

実朝の和歌に込められた余情

武士の世界に謀略も情報戦もあったが、多くは貴族ほどには和歌の教養がなかったため「情報戦」に和歌を使うことはなかった。教養とは天才的なひらめきや頭脳の明晰さとは違い、教育の問題である。武士の頭はバカではなく、手の込んだ陰謀を企む頭はあったが、和歌を詠む知識や決まりを学んでいなかったのだ。貴族のような教育の場がなかったからである。

その中で実朝は、当時一流の歌詠みだった藤原定家《ていか》から和歌の教養を伝授され、若くして和歌詠みになるための教養教育の場をえた。実朝はたちまち和歌の才能に目覚め、武士の世界でほぼ例外的に秀でた歌詠みになったのである。

江戸時代、俳聖といわれた松尾芭蕉《まつおばしょう》は、自著『俳諧一葉集《はいかいいちようしゅう》』のなかで、弟子の望月木節《もちづきぼくせつ》に対して中世の屈指の歌詠みとして西行とともに、実朝を意味する鎌倉の右大臣《うだいじん》の名をあげている。

実朝は、内心では武士を辞めて出家したいと考えたかもしれないが、源氏の直系に生まれ、かつ第三代将軍という立場がそれを許さなかった。彼は秀でた歌詠みだが、余情を読むほどのゆとりを感じたことはなかったかもしれず、余情と言ってもその中身には暗殺の恐れが隠されていたのではないだろうか。

実朝の和歌には、京都の名だたる和歌詠みに引けをとらない秀歌がいくつもあり、名歌はいくつも残っている。たとえば、この項の冒頭で引用した、

出でていなば主なき宿と成りぬとも軒端の梅よ春をわするな

はもっとも顕著な作品のひとつである。実朝が身の危険を悟って、和歌に余情を込めたといえるだろう。

余情に狂おしい悲しみが隠された

実朝の和歌で良く知られたもう一つとして、以下の作品がある。

箱根路をわれ越えくれば伊豆の海や沖の小島に波の寄る見ゆ　源実朝

この和歌はほとんどの人が一度や二度、耳にしているかもしれない。

この和歌を読むと伊豆の海の美しい情景を連想し、その湯情を楽しむ作者の姿を思い浮かべる人が多いだろう。しかし、稀代の知識人であり歴史に残る文芸評論家として著名な小林秀雄《こばやしひでお》は『無常という事』のなかで「僕は大変悲しい歌だと思う」と述べている。

その理由は「彼の孤独が感じられる」からと続け、さらに歌のなかに詠まれている言葉に関して以下のように加えている。

耳に聞こえぬ白波の砕ける音を遥かに眼で追い心に聞くと言うような感じが現れている様に思う。はっきりと澄んだ姿に何とは知れぬ哀感がある。

耳に聞こえないものを眼で追うという姿を小林は、「耳を病んだ音楽家は、こんな風な姿を聞くかもしれぬ」とさえ語っている。本人以外感じることができない哀感がにじみでていて、これほど傍目に見て悲しい姿はない。この姿を小林秀雄は「何とは知れぬ哀感」と指摘しているが、和歌に隠された悲しさを感じたのであろうか。ここまでくると詠み手の情緒で汲みとるほかない。小林でさえ「何とは知れぬ」と隠された情報を明かせず、実朝の悲しみは深く、隠された情報として放置するほかなかったのではあるまいか。

これを示唆する和歌を引用しよう。

紅《くれない》のちしおのまふり山の端に日の入る時の空にぞありける

この和歌について小林秀雄は、「何かしら物狂おしい悲しみ……」という実朝の心を歌にみているが、私には危険かつまがまがしささえ感じられ、武士の時代の恐ろしい権力闘争が和歌の余情を引き裂いたのだと思えてならない。見方を変えれば、命のやりとりを和歌に隠したといってもいい。情報を隠すことは、武士社会の中でむしろ必須の条件として受け入れられたといえないだろうか。以下に記す二首の和歌にも、のど元に出かかった真実の情報をすこしでも公開したいという、実朝の気持が片鱗として現れている。

ものいわぬ四方《よも》の獣すらだにもあはれなるかな親の子を思う

世の中は鏡にうつる影にあれやあるにもあらずなきにもあらず

教養を修めた一部の元武士に受けつがれた和歌に込められた余情は、実朝の和歌を通してさらに強く日本人の頭に浸透していき、「和歌の頭」を通した「疑問のプロセス」がさらに深まったといえるだろう。

この時代、有力な武士たちは、当時の厳しい情勢に頭が磨かれていた。だから思考が磨かれていて、ツーカーでわかったつもりになっていなかったのだ。

生への疑問、西行の和歌から推測できること

西行が世を捨てた想いは……

西行は旧姓・佐藤義清《さとうのりきよ》といい、日本人のメンタリティを映した和歌を多く残している。以下に引用する和歌は余情とは趣の異なる想いがある。

願わくは花の下にて春死なん そのきさらぎの望月《もちづき》の頃

この和歌は、西行が六〇歳のときとされている。西行は七三歳で没したので、その後一三年の歳月を生きたことになる。きさらぎは旧暦二月、望月の頃とは、一五日の満月の日。

この和歌で語られている意味は、命の儚さを込めた「無常」である。

仏教由来の「無常」は「余情」と違って、元々は普遍的な現象として捉えられた。諸行無常は万物は流転することであり、古代ギリシャの哲学者ヘラクレイトスの至言《しげん》として伝えられているが、仏教を啓《ひら》いた釈迦は、生老病死という人間の事実をまず論理として理解し、そのうえで修行を通して心に受け入れることを説いたのである。

「無常」は、現象であるから理解の入口では、情緒が入る余地がない。

しかし、日本人は無常を心に受け入れるとき、論理を飛びこえて情緒で受け入れるという離れ業をやってのけたのだ。故に「無常」は和歌の世界でも成立し、仮に無常が余情という感情と相いれず相殺していたら、無常を詠みこんだ西行のような和歌は成立しなかったのではないだろう

か。「無常」はこの世に常なるものはないということだから、人の努力でどうなるものではない。

西行は「余情」と「無常」を同時に詠んだ

「無常」と「余情」の二つの想いが日本人の精神構造をつくり、日本人の頭に無意識のうちに強く定着した。いずれも論理では量れず、情緒によってのみ受け入れることができるのである。

西行の和歌にはこの二つの想いがあり、かつ二つの想いを越えようとする意思が感じられる。言い換えれば「論理としての無常」と「情緒としての余情」が同時に詠まれているのである。

西行は、元々は北面の武士だったが、高い身分を捨て一介の僧侶になった、心はいわば世捨て人である。僧侶になった理由は、身分違いの貴族の婦人への失恋、武士の世界への失望など諸説ある。しかし一旦、世捨て人になった以上、その想いはおのずと和歌に現れる。

捨てたれど隠れて住まぬ人になれば猶《なお》世にあるに似たるなりけり

数ならぬ身をも心のあり顔に浮かれては又帰り来にけり

世の中を捨てて捨てえぬ心地して都離れぬ我身なりけり

これらの和歌は西行が世を捨ててすぐ、まだ若い時に詠んだため、言葉の上からは、貴族社会に接していた武士としての立場にあった自分への「未練」を感じさせる。だから、和歌のもつ「余情」を少ししか感じることができないといえる。

しかし、これらの和歌について小林秀雄は記している。

西行が、こういう馬鹿正直な拙い歌から歩み出したという事は、余程大事なことだと思う。これらは皆思想詩であって、心理詩ではない（『無常ということ』（新潮文庫））

心理詩というのは、いわば余情を込めた和歌の姿を示唆しているため、心理詩でないということは余情が少ないということになるだろう。なるほど若い時代の西行の和歌には、想いがあるが和歌ならではの余情を感じることは難しい。言い換えれば隠された情報がなく和歌としての魅力がないという印象もある。しかし、未練がましい印象のこれらの和歌についても小林は、「重要なこと」だと述べている。

これは見逃せないと思う。

「未練」が「余情」に生まれ変わった

考えてみれば、未練というのは感情の一つではあるが、背景に未練を誘う「事実」があるため実は情緒ではない。誰でも過去を悔いることがあり、俗人ならば、「あのときこうしておけばよかった」と思う事がある。

しかし西行の未練は俗人が感じる過去の悔いではなく、この和歌は西行の迷いを映し出しているようだが、実はもはや迷いはない。過去を捨てた自らの心を高めようとする、意思が隠されているのだ。それは、西行の和歌に隠された「余情」と言い換えてもよく、世を捨てたときに感じた未練は、過去を克服しようとする意思が「和歌の余情」という形で生まれ変わったのである。もっといえば西行の余情は、無常をも取り込んだ哲学をも感じてしまう。

西行は過去を述懐する心を和歌に詠んでいる。


世を捨つる人はまことに捨つるかは捨てぬ人こそ捨つるなりけれ

何やら一見しただけでは意味がややこしい。が、世を本当に捨てる人というのは、世を捨てない人ではなかろうか。逆説的であるが、こうした一種の「悟り」の境地にたどり着いたのではないだろうか。これは前出の実朝の和歌に隠された「悲しみ」と同様に西行の和歌に隠された「余情」の本体である。

これを起点として西行は未練という俗的な心から脱して、自分の心をどうするのかという重要な目的を得たのである。西行が仏門に入った意味もそこにあり、おそらく西行は僧侶としての修業の目的をこれにみたのではないか。

西行は心に強い苦痛を隠して和歌を詠んでいた。

その証拠に、西行は齢六〇歳を越えた時に以下のような和歌を詠んでいる。


風になびく富士の煙の空に消えて行方も知れぬ我が思ひかな

これは一見、未練に見えるが、自分の心をどうしたらいいのか、西行ほどの人でも終生、悩みを抱えていた。心の想いがどこに向かっているのか、苦痛をどうしたらいいのか、西行はこの想いを隠して和歌を詠んだのである。

西行がその結論を得たのか不明だが、最終的に本項冒頭で引用した和歌に行きついたと思えてならない。和歌をもう一度確認しよう。

願わくは花の下にて春死なんそのきさらぎの望月の頃

この和歌に記された西行の想いは遂げられたといわれているが、だとすれば死期をあらかじめ定めてそれを意図的に果たしたのだろうか。これは、自死という考えを手段として選んだのかもしれない。

西行は、「死」というテーマの和歌を残したわけだが、この和歌はその後、現在まで日本人の死生観に多大な影響をおよぼしたが、理由は「死」という厳粛な事実を和歌の余情に託したからである。一般の人は西行のように死期を意図して果たすことは極めて稀である。それ故に「死」という人にとっていちばん怖い事実を「生への疑問」という言葉として和歌の「余情」として伝わったである。

和歌には「余情」として、ときに自然美があり、ときに人を恋しいとおもう感情があり、ときに心をうつ感動があり、ときに勇気があり、ときに悲しみがあり、ときに苦痛が隠されている。こうした人間のさまざまな営みを、それらをあからさまに言葉にすると和歌としての魅力が薄らいでしまう。言葉を選び表現を通してこそ余情が伝わる。

これを可能にするのは、日本人ならではの「和歌の頭」である。「余情」の内容が想像の世界で再現されるわけだが、「死」という重い課題でさえ例外ではない。貴族が詠もうと武士が詠もうと、読み手と詠み手に思考を駆使した「和歌の頭」があれば、論理や情報を必要としなくても意味が通じる。その関係こそ、その後、和歌が強く長い生命力を得て、文化として成立する理由だといって良いかもしれない。

元寇の神風は、知識を根拠にしていた

「神風」とは一三世紀の元寇《げんこう》のときに日本を救ったという台風のことだが、この言葉は時代が下った江戸時代前期に水戸光圀《みつくに》が編纂を始めた『大日本史』に初めて登場する。後の章で詳述する本居宣長が日本人の真心を唱えた時代から一〇〇年ほど前の時代であり、気象知識がない時代とはいえ神風という解釈はいかにも情緒的であり、日本人の素直な真心にすっきりとなじんだだろう。しかしこの日本人の感性は、後の江戸時代中期の宣長以後の時代のものである。

元寇は、一二七四（文永《ぶんえい》一一）年の「文永の役」と、一二八一（弘安《こうあん》四）年の「弘安の役」の二回あった。元寇のあった鎌倉時代、動員された武士たちは知恵と力を尽くして戦ったため、その手ごわさに対して元軍は日本本土に上陸できなかった。大きな台風はたしかに来たのだが、それだけで、「文永の役」の兵士約四万・軍船一〇〇〇隻余、そして「弘安の役」はさらに多く兵士約一四万・軍船四五〇〇隻余におよぶ、稀に見る強大な元軍を撃退できたとはとうてい考えら

れない。元の命令で動員された高麗や南宋《なんそう》の兵士たちは敗れたとはいえ、強大な元軍を手こずらせたほどの歴戦の兵たちだった。特に朝鮮の三別抄《さんべつしょう》軍の武士たちの抵抗はよく知られ、動員された被征服地の兵士は勝利すれば日本への植民が約束されていたらしいから、鋤《すき》や鍬《くわ》を携行した兵士も多かった。そのうえ、彼らの指揮官は戦略や戦術に長けた歴戦のモンゴル人だった。

当時、元軍と戦った武士たちは、事態を情緒的に受けとっていたのではない。鎌倉幕府は、元の初代皇帝クビライからの国書に対して、

蒙古人、凶心《きょうしん》をさしはさみ、本朝を伺うべき由、近日、蝶使《ちょうし》を進むるところなり。早く用心すべし（『元寇と南北朝の動乱』吉川弘文館）

という布告を全国の武士に発している。

布告による動員対象は御家人のほか、地侍《じざむらい》などの非御家人まで、さらに海の戦いに強く、日ごろ厄介者あつかいされていた海賊にも声がかかった。それだけ幕府がモンゴルからの侵攻に対して危機感をもっていたということが分かる。

当時、幕府は元の世界征服という国際情勢に関しての情報を、元の攻撃にさらされていた南宋から逃れてきた僧侶などから入手し、情勢分析をしていた。そしてモンゴルによる二回目の襲来をつかんでいた。そのうえで幕府は作戦と戦術を練ったはずである。

さらに鎌倉幕府は第一回目の「文永の役」後、一二七六（建治《けんじ》二）年から元軍に占領された朝鮮半島の高麗への出兵を計画している。とりわけ日ごろ上級武士から圧迫されている下級武士からの要求が強かったという。

幕府としては、敵の機先を制して先手を打つ作戦だった。実際、山陽道と山陰道の道路整備をし、派兵の人数、兵船の数、携行する武器などが整えられた。当時の武士が情緒的に考えていなかった証拠である。

しかし、時代が下って元寇の記憶は危機感が薄れていき、やがて元寇は情緒で受けとられ始めた。諺《ことわざ》にも「喉元すぎれば熱さを忘れる」というが、これは「和歌の頭」の顕著な習性であり、やがて江戸時代の太平の世になると「神風」として理解されるようになり自然に受け入れられた。その理解を可能にしたのは、他ならない大昔から日本人の頭に潜在していた、「和歌の頭」が強く機能したと考えられるだろう。

時代は下るが、「神風」という言葉の延長戦上にある言葉として、「終戦」という表現が考えられる。

連日のアメリカ軍の空爆下でも、神風が吹いて救ってくれると大方の日本人は半ばまじめに考えていたという。しかし事実は敗戦だった。敗戦を日本人なら誰もが知っていたのに、未だに終戦という表現が常識化し大きな異議が起っていないのはおかしい。この国民的コンセンサスは明らかに無意識のうちに、「和歌の頭」が機能しているからに他ならないだろう。

ちなみに元寇後、ベトナムも元の大艦隊に攻撃された。ベトナムには台風は来なかったが、そのときベトナムの「グエン・ダウ将軍」は浅瀬に大量の杭を打ち込んで敵の軍船を動けなくしたうえで、火攻めにして撃退した。これは理にかなった戦術であり、知恵の勝利として今でもダウ将軍が尊敬され、ベトナム各地に記念堂が祀られている。

北条時宗の頭

鎌倉時代に関しては、すでに実朝や西行を引いて、述べてみたが、ここで「和歌の頭」と関連して、断っておかなければならない問題がある。

この時代、名実ともに世界帝国である元帝国による日本征服計画の元寇が実施されたが、北条時宗《ときむね》は驚くべきことに、元による降伏勧告を拒絶したのである。時宗は、疑問のプロセスを巡らせたのだろうか。もちろん当時の常識では、まったく無謀で、予想されるリスクは計り知れなかったろう。

先にも述べたが、一二七一（文永八）年、モンゴルから元と国名を変えたとき、時宗は日本征服を決定している情報をつかんでいた。元帝国は、すでに朝鮮半島の高麗を征服し、服属させ、さらなる征服を計画していた。しかし元への服属を拒否した高麗の武士たちの反抗「三別抄軍の乱」が起こった。鎌倉幕府には三別抄軍から元の攻撃が近いという知らせが届いていたのだ。

三別抄軍の反抗は頑強で、強大な元といえどもかなり手こずっていた。

『高麗史』には以下のような意味が記されている。

> 三別抄は蒙古に対する反逆者である崔忠献《さいちゅうけん》将軍に従う武士集団。祖国がモンゴルに屈服したとき、王族の「承化侯王温《さいかこうおうおん》」を王に挙げて降伏を拒否して高麗王朝に背き、政府高官の子女と財貨を略奪して珍島《ちんとう》へ下った。

はたしてそうだったのかと考えると、おそらく降伏を拒否した愛国の情熱が促されたのであろう。三別抄の兵士は、貴族の両班ではなく、身分が高くはなかったので、高麗庶民の味方だった。だからフビライが高麗と南宋を征服して、さらなる征服をしようという野心を熟知し、残る目的は日本ということも知っていた。

三別抄軍の乱で元による日本征服は大幅に遅れたが、三別抄軍の乱が制圧されると、元は、「趙《ちょう》良弼《りょひつ》」という使者を日本に派遣し、出先機関である大宰府に来航し国書を示した。

趙の態度は強硬であり、国書受け取りを拒む幕府役人に対して何度となく強硬に受け取りを迫った。それでも役人が拒否すると、鎌倉に同文の写しを送った。その文面をみた時宗は、蒙古軍の襲来を確信し、時を移さず北九州である鎮西の武士団に防備を命じたのだ。

時宗は、子供のときから、南宋から招いた臨済宗《りんざいしゅう》の高僧「蘭渓道隆《らんけいどうりゅう》（大覚禅師《だいかくぜんじ》）」から教えを受け、国際的な情報に通じていた。しかしこの蘭渓道隆は、大事なこの時期に亡くなってしまった。時宗は落胆したが、すぐに手を打ち、モンゴルに征服された南宋の高僧「無学祖元《むがくそげん》」を招いたのである。

無学祖元は、日本では「仏光大師《ぶこうだいし》」と尊称された高僧だが、南宋の滅亡に立ち会っていた。モンゴル軍が南宋に侵入したとき、無学祖元は、浙江省温州《せっこうしょうおんしゅう》の能仁寺《のうにんじ》にいた。踏み込んできたモンゴル兵に対して以下のように語ったと伝わる。

「お前たちを少しも怖れていない。お前たちの刀では、わが魂を斬れまい」

一説では以下のように一喝したという。

「お前たちのふるまいは稲妻のような光を耀《かがや》かせ、春風を斬るようなもので、何の手ごたえもない。私の魂は春風より斬れないのだ」

その勢いにモンゴル兵は逆に恐れをなし、退散したという逸話が伝えられ、「臨刃偈《りんじんげ》」といわれている。その後、無学祖元が時宗の招きに日本に渡ったのである。
モンゴル兵の刃を前に祖元は以下の詩も詠んでいる。書き下し文で紹介する。

乾坤《けんこん》孤筇《こきょう》を卓《た》つるも地なし
喜び得たり、人空《ひとくう》にして、法もまた空《くう》なることを
珍重す、大元三尺《だいげんさんしゃく》の剣
電光、影裏《えいり》に春風《しゅんぷう》を斬らん

乾坤とは天地すなわちこの世界を、孤筇とは一本の竹杖を意味し、この地にはもはや一本の竹杖を立てる場所すらなくなってしまったというのである。しかし、次の連では人も教えである法もまたはかない空であることは喜ばしいといっている。さらに、大元国の宝刀を大切にしなさいと兵士に呼びかけ、電光が光の内の春風を切るようなものだと、切ることはできまいと結んでいる。

その場にいたモンゴル兵の賢い指揮官は、
「こやつは頭がおかしいのだ。ほっておけ」
と部下にいったのかもしれない。しかし、この詩は実に的確に「空」を捉えている。そのおかげで無元は命を長らえ、日本に臨済宗の奥義が伝わった。

日本に渡った無学祖元は、時宗に対して煩悩することなかれとい意味の「莫煩悩《まくぼんのう》」の三文字を示し、滅亡した南宋の無残極まる姿を伝え、日本が同じ運命をたどることがないように、国難に立ち向かうことの大切さを論した。無学祖元は、

モンゴル軍は日本を侵し、荒らすが、怖れることはない。一風（台風）がにわかに興《おこ》ってモンゴルの万艦《まんかん》はたちまち一掃されるであろう。

とも諭している。

高僧である無学祖元は、当時の一級の知者として仏教のほか暦や気象学に通じていたし、モンゴルが夏から秋に日本に万余の艦艇を派遣して征服することを予知していたのである。今ではあきらかだが台風は春先には北の高気圧に押されて大方が中国に上陸するが、夏から秋にかけては、南の高気圧に押されて、北上から東進する。日本に向かうモンゴルの軍船団を襲うことを予測したのである。

ちなみに無学祖元は、元寇の犠牲者を弔った鎌倉円覚寺《えんかくじ》の開山者であり、名前の「無学」とは「学が無い」という意味ではなく、「学ぶことがないほど学び尽くしている」、という意味である。もちろん本人は、謙遜して「学が無い」といったかもしれない。しかし周囲の人々は無学祖元を心から敬服していた。

時宗は、国際的な「疑問のプロセス」を経て、モンゴル軍の降伏要求を拒否していたのである。時宗が元からの降伏勧告を拒否したのは、元による征服の体験者である無学祖元らその同行者たちの情報を理解し、思考を重ねた上での判断だった。この一事で、当時、思考に裏づけられた「和歌の頭」が機能していたのが分かるだろう。

疑問が抜けていた秀吉の頭、疑問で思考を磨いた家康の頭

宣長が登場するはるか前、天下を統一した豊臣秀吉は李氏朝鮮への出兵という行為に打ってでた。当時、多くの武将は無謀と考えていた。古代から培われた疑問のプロセスのある「和歌の頭」は健在だったはずであり、秀吉に対して無謀と愚行を諫める人物がいてもおかしくなかったろう。

「はたまた関白は困ったことを思いついたものだ」

と冷静な判断をする徳川家康は考えたはずである。

はたして秀吉は、疑問のプロセスを経てこの作戦を考えていたのだろうか。答えは「否」である。秀吉は、戦術に関しては頭が切れた。同時に大阪という都市を本格的に建設するという治国の戦略的なプランをも考えていたが、一方で、当時の国際的な状況を念頭にした発想は、やや薄かった。

その理由のひとつとして、秀吉が古来から受けつがれた「和歌の頭」すなわち、言葉の裏の裏まで読み解く思考に磨かれた戦略が頭の中に描かれていなかったこともいえるだろう。

秀吉の朝鮮出兵は、一説には、多くの武将に新しい領地を与える心づもりだったという話がある。が、当時の朝鮮には王朝があり、アジア最大の大国である明国との関係が深かった。敵にするにはあまりにも手ごわい相手であり、それを当時の日本はよく理解していた。これを考えただけでも秀吉の方針はあまりにも浅はかであり、極端にいえば思考がまったく抜けた思いつきだけだったともいえる。日本軍は戦国時代の後半で兵士は強く鍛え抜かれ、また武器も火縄銃などの最新兵器を装備していたので、李氏朝鮮はまったく歯が立たなかった。だから初戦は優位だったが、戦が長引くにつれて劣勢になり、勇猛な武将だった李舜臣などの反撃で水軍が撃破され、さ

らに明の大軍の参戦によって撃退された。

教養のない秀吉は、「和歌の頭」に接する機会に恵まれなかったのでは、という考えもあるだろうが、教養や頭の良さの問題ではないから、察しの良い秀吉ならうすうすながらも理解していたのではないだろうか。最終的には自分の無謀と愚行を身にしみていたと思う。

その証拠に秀吉は、人生の最終局面で和歌に託して、以下の辞世の歌を残している。


露と落ち露と消えにしわが身かな難波《なにわ》のことも夢のまた夢

秀吉は、「難波のことは夢のまた夢」といわず、「難波のことも夢のまた夢」という言葉を残している。

「は」ではなく「も」と記していたのだから、おそらく自分の頭の愚かさとはかなさ、さらには人生の失敗を告白していると考えて良いのではないか。秀吉の時代には、疑問のプロセスの「和歌の頭」が日本人、特に多くの武将などの頭には機能していたのである。

徳川家康は秀吉死後に江戸幕府を開き、李氏朝鮮との国交を修復し、その後も長く交流を重ねた。家康は、武器を蔵に収めて鍵を閉めて使わないことを意味する「元和偃武《げんなえんぶ》」を方針として打ち出したが、これは武器を蔵にしまって戦国の世に終止符を打つという意味がある。しかしもう一つ、李氏朝鮮との国交修復のための家康の深慮に満ちた外交的戦略でもあったのだった。

なにしろ秀吉の朝鮮出兵は、一五九二（文禄《ぶんろく》元）年から翌年までの「文禄の役」と、一五九七（慶長《けいちょう》二）から翌年までの「慶長の役」の両戦役にわたって、ほぼ七年進駐し朝鮮半島を焼き野原にするような戦闘を繰り広げたのだから、戦後の修復は並大抵ではなかった。これを治め、江戸時代に日本と李氏朝鮮は、ながく交流されることになる家康の疑問のプロセスは、現代人も大いに学ぶべきである。

しかし国際情勢はいつどうなるか予測もつかない状況だった。だから、家康は戦国時代以来、兵士の数は二〇〇万以上を常備し、五〇万丁を超す大砲を含む火縄銃など最新兵器を蓄え、いざというときの準備にぬかりがなかった。それゆえに当時の欧州列強は、アジア侵略をすすめていたが、日本には手が出せなかった。家康の戦略眼のすごさが理解できる。家康の頭は、「ツーカーでわかったつもりにならない」屈指の考えに裏打ちされていた。

その慧眼《けいがん》と思考のすばらしさに対して誰も手が出せなかった。

一説によれば、幕府は京都に近い大坂に開く話が伝えられている。これに茶人で建築家でもあった小堀遠州《こぼりえんしゅう》がかかわっていたが、家康は、それを許さず、秀忠《ひでただ》以下幕閣に関東に幕府の礎を築くように指示した。これも家康の慧眼といえよう。関東は戦国期に北条早雲《ほうじょうそううん》や太田道灌《おおたどうかん》が開発の基礎を固めた土地であり、当時はあまり注目されていなかったが、家康は長い目で関東に注目したのだった。

家康の優れた頭は、若いころの苦い体験から得たものだった。

織田信長と同盟して甲斐《かい》の武田信玄と三方ヶ原《みかたがはら》の戦いで戦った。この戦いで信玄率いる武田軍に家康軍がまったく手が出ず、瞬く間に敗退した。家康は命からがら国元に逃げ帰ったが、そのとき絵師を呼んで、敗残の自らの情けない姿を描かせたのだ。まともならそんな真似はしないはずだが、家康はあえて敗戦の恥を絵にして残した。これは並の思考から生まれた判断ではない。

そうしたきわめて苦い体験に家康の慧眼の源があった。その思考の凄さは、戦国末期に日本にきたウイリアム・アダムスやヤン・ヨーステンなどとの外国人との交流によって、より強い確信となった。

江戸幕府はその後家光の代になって「鎖国」を行ったが、実は家康は鎖国をまったく考えていなかった。李氏朝鮮、中国やオランダなどヨーロッパ諸国との国交は家康の真意でもあったうえ、三浦按針《みうらあんじん》ことウィリアム・アダムスなど外国人も臣下として用いている。キリシタンの反抗の「島原の乱」などで鎖国方針が打ち出されたが、布教を前提としないオランダなどとの交流は、家光も家康の真意を守るほかなかったのである。その後も、江戸中期に日本に密航したイタリア人のシドッチ神父の処遇に対しても、幕府は家康の真意を尊重せざるを得ず、死罪にはしなかった。家康は、思考に裏付けられた「和歌の頭」を深く理解していた戦略家であり、秀吉とは役者が違っていた。

家康は、真田十勇士などの講談ではタヌキ親父とそのずるさが強調されたが、これは近代のまったくの作り話である。思考が抜けた近代の日本人は、この作り話を信じ込んでしまったが、実際は戦国時代以後の日本には得がたい大人物であり、改めてもっと評価されなければならないだろう。

本居宣長が「疑問と思考が抜けたあうんの頭」の最終の仕掛人

宣長の「大和心」は「純粋に奥ゆかしい余情」になった

本居宣長は、医者であり江戸時代における日本古典の大家である。医業に携わっていたが、『源氏物語』を私塾で講義し、日本最古の歴史書である『古事記』を研究、三五年をかけて『古事記伝』四四巻を執筆する。一方で『万葉集玉乃小琴《たまのおごと》』や『古今集遠鏡《こきんしゅうとおかがみ》』のほか随筆の『玉勝間《たまかつま》』、国学の書である『玉くしげ』とその続編の『秘本玉くしげ』、吉野や飛鳥を訪ねた時の日記の『菅笠日記《すげがさにっき》』などを著し、その著作は数えきれないほど膨大である。

注目すべきことは、宣長は弟子たちに対して『史記』を詳しく講義し、その内容について教えている。それだけでなく、儒教をはじめとした中国伝来の思想についても諭している。そうした宣長の意図は、簡単にいえば、中国の諸思想は人間がもつ本来の姿を見失った「さかしら」の考え方であり、これに従うことの間違いを確認したかったのではないかと言われている。

「さかしら」の内容について真心を隠して言葉を飾るこざかしい偽りの教えということであろうが、これについて宣長は歌集『玉鉾百首《たまほこひゃくしゅ》』のなかで以下の和歌を記している。

真心をつつみかくしてかざらひていつわりするは漢《から》のならわし

この和歌の「つつみかくしてがざる」あるいは「いつわり」は批判の言葉であるが、これは道義的な批判として日本人なら直感的に正しいと感じる。しかし論理には宿命的についてまわってくるレトリックが必ず存在するから、論理で武装しようとする場合、道義的な面で「隙」が生まれる。

宣長が心に秘めた目的は日本ならではの思想を打ち立てる意図があった。その実体は、きわめて大ざっぱにいえば、「大和心」の完成である。それは道義的な面を排除した理屈抜きの心情に近い。
宣長は終生にわたって『古事記伝』を書き続けたが、それが完成するころに自らの思想の真髄として、たどりついた姿を儒者の批判に反論した『くず花』のなかに記している。

備え持て生まれつるままの心

これが「真心」であるが、思えば宣長が主張した「真心」は日本のみならず人類共通のものであるというのだ。しかも、宣長が日本ならではの純粋な感性として主張したのは、古来から親しまれた和歌に秘められた、「純粋で奥ゆかしい余情」に通じるものがあった。おそらくこれこそ、宣長が長年にわたる『古事記』の研究で得た最終的な結論といえ、言い換えれば和歌の歴史に由来する「余情」の魅力、日本ならではの思想である。そう考えなければ、国学推進者としての宣長の主張が薄れてしまう。
小林秀雄は、『無常という事』のなかに記している。

（歴史とは）解釈を拒絶して動じないものだけが美しい、これが宣長の抱いた一番強い思想だ。
（括弧内著者）

しかも小林は『古事記』を読んだときに「このようなものを感じた」とさえ記している。

宣長の思いは「吉田松陰」に引き継がれた

宣長の思いは本書プロローグで引用した下記の和歌に典型的に表れており、ここでもう一度、味わっていただきたい。

敷島《しきしま》の大和心を人問わば朝日に匂う山桜花

古代から培われた「和歌の頭」は、貴族から武士の世の中に変化しても、徐々に「大和心」ないし「大和魂」という形で引き継がれたため、多くの日本人が「あうんの呼吸」によって即座に理解できるのだ。これは日本人の「あうんの頭」の精神のみならず、さらにその後、道徳的な規範としても強化されたのは、明治時代の国際的な知識人である新渡戸稲造《にとべいなぞう》も指摘している。

宣長は、日本人の魂を伝えたが、その志に応えた人物が本書冒頭に述べた幕末の志士「吉田《よしだ》松《しょう》陰《いん》」だった。

日本人の「和歌の頭」は、日本人の心の深層に無意識に沈潜し、ときとして本人がまったく気がつかないうちに社会や人間のありさまにコミットして、自然なかたちで判断をもたらす。多くは日本人のすぐれた徳性として現れる。しかしそうでないこともあり、そのときに、誰も何の疑問も感じないいから恐ろしいのだ。

「小林秀雄」は、『無常という事』のなかで以下のように述べている。

歴史というものは、見れば見るほど動かし難い形と映って来るばかりであった。新しい解釈なぞでびくともするものではない。そんなものにしてやられるような脆弱なものではない、そういう事をいよいよ合点して歴史はいよいよ美しく感じられた。（中略）解釈を拒否して動じないものだけが美しい、これが宣長が抱いた一番強い思想だ。（中略）

歴史には死人だけしか現れてこない。従って退っ引きならぬ人間の相しか現れぬし、動じない美しい形しか現れぬ。思い出となれば、みんな美しく見えるとよく言うが、その意味をみんな間違えている。僕らが過去を飾りがちなのではない。過去の方で僕らに余計な思いをさせないだけなのである。歴史は過ぎ去った過去の話で現在と無関係と思う人が大半だと思うが、これは大きな間違いだ。歴史は驚くほど現代と直結していて、その中で練られた発想は、今に色濃く生きている。

小林は、上記の文中で実に重大な点を指摘している。繰り返せば、

新しい解釈を拒絶して動じないものだけが美しい。これが宣長が抱いた一番強い思想だ。

と結論づけている。

これこそが「疑問のプロセスが抜けたあうんの頭」の実体である。

上記の言葉をさらに敷衍して小林は、以下のように締めくくっている。

（現代人は）常なるものを見失ったからである。（括弧内著者）

宣長の時代まで「疑問のプロセス」をへる習慣で頭を鍛えてきた日本人は、古代から長い歴史の中で中国や朝鮮半島の諸王朝など東アジアとの厳しい国際関係の中で、致命的なリスクを避けて荒波を乗り切ってきた。しかし、宣長が出現して「疑問のプロセス」が抜けて「新しい解釈」を拒絶してからは、特に幕末以後から近代にいたってからは、怖いリスクに襲われることになった。

宣長が発想した着眼は、二〇世紀にいたっても小林秀雄が考えたように「新しい解釈」を拒絶して、「常なるもの」に無意識に支配されてきたからである。これは小林ほどの識者でさえ宣長以来の発想を追証している証明であり、日本人一般の「あうんの頭」の中身を支配してきたものといえる。小林は前出の『無常という事』のなかで、明治の文豪「森鷗外《もりおうがい》」が、『古事記伝』を読んで「常なるもの」を感じたと指摘している。

これは新しい解釈を拒絶して「常なるもの」を求める小林秀雄の指摘に通じている。

しかし「新しい解釈」というものは、いつの時代でも「生きた人間」の営みであるから、小林がいくら嘆いても防げないもので、新しい「疑問のプロセス」から生まれるはずである。

宣長が暗黙のうちに示した「疑問のプロセスが抜けた状態」、すなわち宣長以後の日本人一般に浸透した「あうんの頭」は、宣長の「新しい解釈」によって不断に日本人の頭に浸透した。この頭には「疑問のプロセス」が不要だから、肝腎要《かんじんかなめ》の生きた人間に向かって不断のリスクを招いている。小林のみならず鷗外ほどの知者が暗示した「疑問のプロセスが抜けた和歌の頭」の構造から日本人一般が逃れられず、しかもこの暗示は大半の日本人に無意識のうちに浸透していた。

疑問のプロセスが抜けた「あうんの頭」が大衆の頭に浸透した

宣長が残した「大和心」について、新渡戸稲造は『武士道』の中でメッセージを残している

彼（宣長）はわが国民の無言《むごん》の言《げん》を表現したのである（括弧、ルビ著者）

新渡戸は、いみじくも「無言の言」、すなわち沈黙は特別な意味をもっていると指摘している。近代中国の文学者だった魯迅《ろじん》は『野草《やそう》』という散文集のなかで記している。

沈黙すると充実をおぼえる、口を開こうとするとたちまち空虚を感じる（岩波書店、『魯迅選集』）

沈黙は昔から日本人の徳性といわれ、孔子は論語の中で「巧言麗色《こうげんれいしょく》、少なし仁《じん》」と言っているが、日本人はこの教えを後世にまで正直に受けついだ。日本人の「無言」と魯迅の「沈黙」とは似ているが同じものではなく、むしろ逆である。

日本人の無言はほぼ無意識であるが、魯迅の沈黙はきわめて意識的である。魯迅は多くのことを口にして語りたかったのであるが、語るほど空虚を感じた。当時の混乱した祖国の事情がそうさせたからともいえ、当時、魯迅は衰亡する祖国を心配して空虚を感じたのかもしれない。

現在、魯迅の祖国・中国は世界的大国に成長し前途洋洋としているが、魯迅がもしこの状況を目にすれば、勇んで口を開いて論陣をはっただろうか。おそらく魯迅はそうはしないだろう。大国になったが故に魯迅は祖国の行末を心配して、口を開くと空虚を感じたかもしれないからだ。

それに対して、日本人の無言は和歌の余情に通じるものであり、むしろ充実をもたらしてくれるのである。

和歌は、古代の貴族由来の文化であり、それが江戸時代から明治時代まで続き、さらにその魅力は、今も衰えていない。余情に込めた作者の思いである情報は、慎ましく隠されているが、日本人は、「余情」として感知する。

余情に隠された情報は、ほとんど好ましい美徳を反映した喜ばしい内容であるが、中には良くなく危ない情報もある。それは、読む人の心を悩ませ、不安に陥れ、多くの日本人は「危ない情報」をも情緒で感じとるのだ。

こうした習性はいうなれば「和歌の余情」が古代以来、一〇〇〇年、五〇〇〇年、一〇〇〇〇年そして二〇〇〇年もの長い歳月を通して知識の大衆化が進み、日本人の頭に染み入ってきた。そして日本人の精神風土を形成した。もっと大事なことは、その間、一度も異民族に征服されず、その横暴と過酷な支配と戦ったことがないという事実だ。したがって「和歌の頭」は一度も破壊されたことがなく、純粋培養されて、日本人にとってあたりまえで自然な情感であり、空気のように意識されない。

もちろん第二次世界大戦の敗戦で、六年間、アメリカの占領下におかれたが、国民が生活全般にわたって文化面にいたるまで圧迫され支配されたのか疑問である。アメリカによる日本支配は必ずしも過酷とはいえず、歴史的な意味での植民地ではなかったのだが、戦後のアメリカ化は、日本人がすすんで「アメリカ被れ」になった色彩が強い。

ただし沖縄は例外である。いまだにアメリカの支配下にあり、支配は苛酷で沖縄の人々の生活全般に及んでいる。だから日本人のなかでも、沖縄の人は外国支配の実際を体験していて、実情を知っている。言うまでもなく国防など国際情勢の影響もあるが、日本は沖縄を犠牲にして安全を維持しているという意見もうなずけ、それでも大半の日本人は関心が疎い。

「和歌の頭」は日本人にとってあたりまえで自然な情感であり、空気のように意識されない。もっとも、日本はうわべは独立しているが、実質的にアメリカの植民地である疑いは現在も濃厚だが……。

いうまでもなく、今、和歌でビジネスや会話をするケースは見られないし、多くは和歌を詠もうという気分にならないかもしれない。まして和歌で異性を口説くことなど想像も難しく嫌味《いやみ》な冗談になってしまうかもしれない。

特に注目したい点は、日本人にとって和歌は単なる文学ジャンルを超えた存在であり、国民心理を反映しているという事実である。周囲から受信する言葉や文字などの情報だけでなく、生活や仕事で発信する言葉である会話や文章において和歌の頭が無意識に作用しているともいえる。脳裏に染み入り、純粋培養された「和歌」特有の情緒は、知らず知らずのうちに日本語に受け継がれて、さまざまな場面で日常的に受信され、かつ無意識に発信されている。

多くの人が感じていることだが、現在、詐欺だけでなく災害情報、原発さらには金融情報などあらゆる場所・場面において「危ない情報」が隠されている。しかし、宣長以来の「あうんの頭」すなわち情緒で感じとると、何らの説明がなくても「ツーカーでわかったつもり……」になってしまい、危機感がまったく薄らいで、やがて消されてしまう。そして末代まで続く不安があり、そこにこそ日本人の心性の重要な問題がある。

第三章　幕末志士の決断には「謎」がある

はっきり言えば、歴史上の出来事は、その多くが実際の出来事が起こった後、知恵のある識者が作り上げて、今日に伝わっている。その多くが単なる作り話である可能性があるが、それを暴けばこのうえなく痛快だ。

吉田松陰が残した矛盾

吉田松陰は、幕末に一大旋風を引き起こした偉人であり、倒幕の志士たちに大きな影響を与え、彼の秀逸な着眼と情熱は今も多くの人に影響を与え健在だ。その熱い情熱を伝える歌をまず引用しよう。

かくすればかくなるものと知りながら已むに已まれぬ大和魂

この歌は、一八五四（嘉永七《かえい》）年三月、下田《しもた》（静岡県下田市）に来航したペリーが指揮するアメリカ軍艦に無理やり乗り組み密航を企てた下田事件の罪で役人に捕縛され、江戸伝馬町の牢屋敷に護送される途中、高輪の泉岳寺門前を通った時に詠んだものとされている。あるいは、密航の時その場で筆と紙に記した、松蔭が密航未遂の罪を得て獄中で詠んだなど様々な説がある。いずれの説が正しいとしても、まさに命の危機にさらされたとき、松陰は、やむにやまれない想いを言葉として残したのである。

この歌をみて、松陰の熱い想いを感じるわけだが、私はこの歌の意味がよく理解できない。というのは、我々凡人にとって、常識的に「かくすれば、かくなるもの」と知っているのなら「かくさなければいいではないか……」と考える。この場合のような「かくすれば……」の意味はおおかた無謀で良い結果をもたらさないことが多い。

松陰が無謀とも思える行動をなぜ起こしたのかは、どうみても理にかなっていない。普通ならもっと思慮をめぐらせた手立てがあったのではないかと思える。松陰ほどの知者であるから、何か深い意味があるのではないかと想像するのは、私だけではないだろう。

「松陰の激しい想いを分からないのか」とお叱りをうけそうだが、それなら、松陰は「想い」だけで危険な行動に及ぶ単純人間だったのか、と反論できるだろう。吉田松陰研究で知られた学者である川口雅昭《かわぐちまさあき》によれば、松陰の目的はペリー暗殺であったとしその可能性もあるが、それならばさらに無謀と言うことになる。いきなり日本のしかも武士が乗艦してきたのであるから、水兵が非常な警戒を示したはずであり、ペリー暗殺ができるとは考えられない。

私にとって、松陰の下田事件は、かねてから大きな「謎」であった。

理にさとい松陰でありながら重要な最終的決断において、なぜ理に適わないことをしてしまうのか、矛盾が解けないからである。

和歌の言葉には現れていないが、矛盾に思えることに言わずかたらずのうちに松陰の心の真意が隠されていたと考えられる。その真意は、間違いなく日本的な疑問も思想もない「あうんの呼吸」によって感じることができるだろう。

松蔭は、中国の古典から多くを学んだ教養人であり、一見、無謀とも思える行動に走ったのは当然無謀だったからではない。松陰は若い時から学問の人であり、発言・行為は、情理を尽くし、情より論理で結論を導き、その素養と教養は高い評価を得ていた。松陰の見識と教養は、残した言葉からうかがい知ることができる。

たとえば、学問についてこう述べている。

学問は、自分の才能を見せびらかして、人を従わせるためのものではない。人を教育して、一緒に、よき人になろうとすることである。

学問は勝手に学ぶものではなく、自ら学び、人と学びあって見識を広めてこそ人として向上することができる、という意味である。だから松陰は、自分だけの思い込みで物事を考えることは決してしなかった。

さらに松陰は人としての在り方に関してこう述べる。

ひとかどの人物は、何事に対しても、それが道理に合っているか否かを考え、行動する。

これらの言葉を見れば松陰が理を尽くしていたことが理解できる。

改めていうが、この松陰が理を尽くす前に無謀を侵すはずがない。無謀にも思える下田事件は、何か別の誘因があったとしか思えない。この誘因が「松陰の謎」にほかならない。おそらく松陰は、宣長以来の疑問のプロセスが抜けた「あうんの頭」を大真面目に受けついだのではないと思える。

幕末の志士を「その気にさせた」のは知識人と豪商だった

松陰の謎は、江戸時代から多くの識者の手でまだ若かった松陰に影響を与えた人物を見てみると解ける。たとえば仙台伊達《だて》藩の斎藤竹堂《さいとうちくどう》は、アヘン戦争についてイギリス・清双方の立場から論じた『鴉片始末《あへんしまつ》』を著していて多くの志士に影響を与えた。当時の国際レートを想定した金銭的な事情も記され、幕末の志士たちがそうした著書の知識に影響されたといえるだろう。坂本龍馬もその一人であり、多くの藩に手をまわして金銭を調達し、商魂たくましく、かつ日本の大義を盾にとって武器を手配した。国の行く末を憂える多くの知識人は若い志士たちを使って、時代の変化を招きよせたというのが実情だったのだ。

ちなみにこの本の手本は、当時清の大臣だった林則徐《りんそくじょ》からの依頼で中国清の学者の魏源《ぎげん》が記した『海国図志《かいこくずし》』だった。この著作は当時の西欧列強のパワーを冷静かつ正確に分析し、竹堂はこの著書に注目し感動したのである。

そのような書物を理解し影響を受けた松陰は理をつくし、かつ理を深く心得ていたと考えられ、普段の状態ならば、きわめて冷静で論理的である。しかし、重大なことを決断し、実行する場面においては、理に優先するやむにやまれない「大和魂」を最大の根拠としていた。松陰でさえ思考が抜けた「あうんの頭」に逆らえなかったのだ。

もっと言えば、調子に乗った志士たちをその気にさせたのは、あまたの商人や実業家たちだった。たとえば、志士の高杉晋作《たかすぎしんさく》を資金的に支援した白石正一郎《しらいししょういちろう》という豪商が知られている。

江戸時代中期以降の時代の変化について、知識人によって予見されていた。その一人が本多利《ほんだり》明《めい》だった。この人は優れた数学者で世界地理にも通じ、そして日ごろから「海に国境はない」と語り、幕府からにらまれていたが、それをモノともしないで「開国論」を主張した。
また福井藩主・松平春嶽《まつだいらしゅんがく》に招かれた熊本藩の横井小楠《よこいしょうなん》は『国是七論《こくぜしちろん》』という著書で天皇を中心とした「皇国論」を展開した。

これらの知識人は、国造りの基本を示したが、最初に敏感に反応したのは、実は志士たちではなく、自由な商売を願っていた多くの豪商たちだった。これらの人々は、大なり小なり、自由な商売を強く望んでいた。それ以外、生きる手立てがないと信じていたからだが、それ以上に鎖国が廃止され、海外貿易による販路の拡大を目的としていたことが大きい。幕末を中心に江戸時代に海外に夢をはせた注目したい豪商を何人か以下に記す。

田中勝介《たなかしょうすけ》（生没年不詳）：江戸時代初期の京都の貿易商人。徳川家康の命を受け漂着したスペイン船に同乗しメキシコに渡り、翌年にスペイン人のメキシコ船で帰国した。最初に太平洋を横断した日本人といわれる。

高田屋嘉兵衛《たかたやかへえ》（一七六九（明和《めいわ》六）年〜一八二七（文政《ぶんせい》一〇）年）：江戸時代後期の廻船《かいせん》商人。淡路島《あわじしま》（兵庫県）で生まれ、兵庫津《ひょうごのつ》（神戸市）に出て廻船《かいせん》商を営み、蝦夷地《えぞち》に進出する。幕府の公認を得て箱館（函館）に拠点を置き、国後島《くなしりとう》と択捉島《しゃこたんとう》間の航路を開拓するなど、漁場運営と廻船業の双方で巨額の財を築き、蝦夷地の開拓に貢献する。ロシアの軍人が国後島で捕縛された一八一一（文化《ぶんか》八）年のゴローニン事件では、報復としてカムチャツカに連行されるが、日露交渉の間に立ち事件解決に活躍した。自身は幸福な晩年だったが、跡を継いだ弟はさまざまな疑惑をかけられ二代で没落した。一九一一（明治四四）年に正五位《しょうごい》を追贈《ついぞう》。

会津屋八右衛門《あいづやはちえもん》（一七九八（寛政《かんせい》一〇）年〜一八三七（天保《てんぽう》七）年）：江戸時代の回船問屋か

つ岩見《いわみ》国浜田《はまだ》藩（島根県浜田市）の御用商人。親の今津屋清助《いまづやせいすけ》も御用商人であったが、難破により財を失いお家断絶となった。会津屋と改名し御家復活の後、御用商人に返り咲き藩御用船「神福丸」船頭として、鎖国の禁を破って南洋方面に渡航し交易した。藩の赤字財政の改善に大いに活躍したが、最後は幕府に密貿易が発覚し斬首《ざんしゅ》される。

銭屋五兵衛《ぜにやごへえ》（一七七四（安永《あんえい》二）年～一八五二（嘉永《かえい》五）年）：江戸時代後期の加賀《かが》前田藩の豪商かつ海運業者であり、姓名の略から「銭五」とも呼ばれた。藩御用商人を務め、北前船の交易で巨万の財を築くのと共に、大いに藩の赤字財政の改善に貢献した。あまりにも大きくなった財力を恐れた藩の仕組んだ疑獄《ぎごく》により、幽閉のうえ財産没収、御家断絶になり獄中で没した。

白石正一郎（一八一二（文化九）年～一八八〇（明治一三）年）：幕末明治初期の豪商。長《なが》門《と》国赤間関竹崎《あかまがせきたけざき》（山口県下関《しものせき》市）の回船問屋に生まれる。高杉晋作をはじめ、坂本龍馬や西郷隆盛など幕末の多数の志士を資金面や智識面から支援し、一八六一（文久元）年から薩摩藩の御用商人になる。奇兵《きへい》隊の創設にも参加するが、維新後は事業も振るわず赤間《あかま》神社の宮司《ぐうじ》として晩年を過ごし、正五位を追贈される。

大浦慶《おおうらけい》（一八二八（文政一一）年～一八八四（明治一七））：長崎の女性商人。長崎の老舗の油問屋に生まれるが、安い輸入品の油に市場を奪われ経営が悪化していたため、外国との日本茶の交易を始める。これが大成功を治め、日本茶輸出貿易の先駆者となる。海援隊《かいえんたい》の前身の亀山社中《かめやましゃちゅう》など多くの志士に資金を支援しただけでなく、海外事情についても知識を授けたが、晩年は事業に失敗し不遇だった。

濱口梧陵《はまぐちごりょう》（一八二〇（文政三）年～一八八五（明治一八）年）：紀伊《きい》国有田《ありだ》郡広村《ひろむら》（和歌山県有田郡広川町《ひろかわちょう》）出身の実業家かつ政治家であり、社会事業にも貢献。醤油醸造業を営む濱口儀兵《ぎへ》衛《え》家（ヤマサ醤油）当主で、七代目濱口儀兵衛を名乗り、商売を広げるなど実業家として活躍する。それだけでなく、紀州《きしゅう》藩勘定奉行《かんじょうぶぎょう》、駅逓頭《えきていのかみ》（後の郵政大臣）および初代和歌山県議会議長も務めた。梧陵は雅号であり、一八五四（安政元）年の「安政の南海大地震」のおり、自らの稲束に火をつけ津波の到来を知らせ、村人を救った『稲むらの火』のモデルとしても知られ、その後の復興にも資材をなげうって尽力した。

　これらの商人や実業家たちの頭は、時代の先を期待して機敏に回転していた。彼らは身分として下位で不満をもっていたが、頭の中ではもっと自由に商売をしたがっていたので、時代の変化を大いに期待していた。幕末になると血気にはやった若い志士たちが登場し、豪商たちがこれを利用しない手はないと考えたとしても不思議はなく、例えば下関の豪商白石正一郎のように高杉晋作や西郷隆盛など多くの志士に資金を融通する者もいた。これらの商人たちのなかには、大名をしのぐ財力を持つ者も多く、また会津屋八右衛門のように国禁とされていた外国貿易に手を出したり、高田屋嘉兵衛のようにロシアといった列強との外交交渉に意欲的に取り組んだりもした。もちろん資材の提供を惜しまなかったり、なかには財政が苦しい大名に金を貸していた人物も少なくなく、志士たちに対して表向きは関係がないように装いながら、後ろでは金銭的な援助をし、おおいに後ろ盾になった者も少なくない。豪商たちの多くが本居宣長以来、大半の日本人の頭を占拠していた「あうんの頭」に流されず、「疑問のプロセス」を効かせて、時代の変化を呼び寄せようとしていたといってよい。

勝も西郷も江戸庶民の運命を考えていなかった

勝はあえて「皇国の存亡」という言葉を使った

松陰が魁《さきがけ》となり明治維新を開くにいたる幕末、日本は否応なく世界の流れに巻き込まれていく。そのなかで日本は欧州列強の脅威に対抗したわけだが、その頂点となる事件が江戸城無血開城であり、周知のことであるが、主役は幕府方が勝海舟、これに対する主役が「官軍」を率いて江戸に迫っていた西郷隆盛である。

結果をいえば、勝と西郷は最終的に決戦を避けたが、両者とも江戸庶民の悲劇を思って決戦を避けたわけではなく、正直をいえばそんな余裕はなかったのである。これまでの通説を覆すが、勝は官軍との決戦を決めていた。

それまでのいきさつを簡単に触れておこう。

一八六八（慶応《けいおう》四）年初頭、京都の鳥羽伏見《とばふしみ》で幕府軍と薩摩・長州の連合軍との間の鳥羽伏見の戦いが起り、兵力において薩長連合軍の三倍を超す幕府軍が敗北してしまった。勢いに乗った薩長連合軍は、幕府を「朝敵」とし、朝廷の御旗《みはた》を掲げて「官軍」と名乗り、江戸に向かって東《とう》征《せい》を開始する。朝廷の御旗すなわち「錦《にしき》の御旗」というものが歴史的に存在した証拠はないにもかかわらず、薩長連合軍はこの旗のおかげで官軍を名乗った。それが時代の流れを受けていたとはいえ、事実であるかのように多くの日本人は思い込み、気分のうえで、官軍を新しい勢力と受け止め流されたのである。

この東征軍の総大将の役割を果たしたのが、東征大総督府《とうせいだいそうとくふ》参謀《さんぼう》を命じられた西郷隆盛だった。

これに対して、新たに幕府の陸軍総裁となったのが勝海舟であり、以後、勝は幕府の代表として西郷と対決することになる。

このときの決意を勝は、『氷川清話』の中で次のように記している。

> あの時、おれはこの罪もない百万の生霊《いきりょう》を如何《いかが》せうかといふことに、一番苦心したのだが、しかしもはやこうなっては仕方がない。たゞ至誠《しせい》をもつて利害を官軍に説くばかりだ。官軍がもしそれを聴いてくれねば、それは官軍が悪いので、おれの方には少しも曲ったところがないのだから、その場合には、花々しく最後の一戦をやるばかりだと、こう決心した。（ルビ著者）

勝の論理は、一見屁理屈であるが、勝は屁理屈の意味を言わず語らずのうちに示したのだ。罪のない百万の生霊は江戸庶民のことだが、彼らの命を救いたいという想いはあったが、実際には、命を保障できないとも考えていた。

もちろん勝は、いろいろの手を打っている。その中で敵の総大将である西郷の手の内を探るために幕末の剣客で知恵者として著名な幕臣の山岡鉄舟《やまおかてっしゅう》を、静岡まで来ていた西郷の下に派遣した。そのとき勝は山岡に西郷宛の書状を託し、書状のなかで勝は、幕臣でありながらも、あえて「皇国の存亡」という言葉を使っている。

あくまで皇国の存亡であり、主君である幕府の存亡でもなく、もちろん庶民の存亡ではない。さらにあえて「皇国」という言葉を使ったのは、官軍を名乗る西郷にとって無視できないことを見ぬいていたからだ。

小臣（自分のこと）悲嘆して、訴えざるを得ざる所なり、その御処置の如きは、敢えて陳《ちん》ずる所にあらず……（ルビ括弧著者）

と記している。

勝が「皇国の存亡」という言葉を使ったのは、要するに西郷の弱点を突いたわけであるが、これは、勝が論理から導いた文書作戦だった。もし西郷がこれを無視すれば、官軍を名乗る名目が薄れてしまうから、初戦の文書作戦は勝の勝ちだった。

勝の「清野の術」は江戸焦土作戦

決戦を覚悟していた勝の腹のなかには、なみなみならない作戦が練られ、それを示唆するように、勝は以下のような漢詩を読んでいる。

義軍勿嗜殺
嗜殺全都空
我有清野術
傚魯坐那翁

この漢詩書き下文にしてみる。

義軍《ぎぐん》殺すことなかれ
殺すことを嗜《たしな》めば全都空《むな》しからん
我に清野《すがの》の術《すべ》あり
魯《ろ》（ロシア）の那翁《なおう》（ナポレオン）を挫《くじ》くに倣《なら》う

この詩の「清野の術」という言葉は、今の言葉でいえば「焦土作戦」であり、この言葉自体は、牧歌的に思えるが、その隠された内容は恐ろしい。勝は、恐ろしい危機管理の方策を官軍との決戦におけるリスクヘッジとして用意したわけである。

さらに、敵である西郷に本気であることを信じさせるため、味方である幕臣に対しても戦う覚悟を示した。そうすることでもちろん平和実現の機会を探ったのではなく、むしろ脅しに近いかたちで、勝は決戦の下準備を整えたのだ。

当時の幕府はおおかたが親フランス派であり、フランスの力を借りて抗戦するというのが大勢だった。これに逆らって官軍に平和実現の機会の相談をすれば、命の保障がなく実際、勝は何度も暗殺に晒《さら》されている。

勝がこうした両面対応をしたのは、かねてからヨーロッパの戦史を研究していたからである。勝は、一八一二（文化九）年、フランスのナポレオンが三〇万の大軍でロシア遠征し、首尾よくロシアの首都モスクワを占領したが、ロシア側は首都陥落に先だって市民をモスクワエリア外に退去させ、モスクワという首都をまるまる焼き払う焦土作戦を実施し、敵が使えるものを何も残さなかった。

フランス軍は焦土と化したロシアの首都モスクワに入城したわけだが、フランス兵が目にしたものは、想像を絶する酷寒のなかで焼け落ちたモスクワだった。食べるものはもちろん寝ることもできず、しかもロシア側のコサック兵やゲリラの奇襲を受けた。フランス軍兵士は憔悴して続々と命を落とし、挙句の果て退却することになったが、帰路においても酷寒の気候と敵兵に襲われることになる。そして三〇万を数えたフランス軍のうち生き残って帰国できたのは二万に満たなかった。ちなみに音楽家のシューマンと詩人ハイネは、ロシア遠征に敗れ、祖国フランスに帰国した兵士のために「二人の擲弾兵《てきだんへい》」という名曲を残している。

勝は、この戦史に倣った作戦を立てたのである。

それだけではない。勝は官軍の総攻撃に対しては、ゲリラ戦を考え、幕府おかかえの兵の動員はいうまでもないが、それ以外にも手を打つなど、具体的な手順を整えていた。勝は若いころから江戸府内の侠客《きょうきゃく》とのつながりが深く、侠客の頭《かしら》には、たとえば深川《ふかがわ》（東京都江東区）あたりを仕切る新門《しんもん》の辰五郎《たつごろう》、吉原《よしわら》（同台東区）の金兵衛《きんべえ》のほか、行徳《ぎょうとく》（千葉県市川市）あたりの露天商の統領だった松葉屋総吉《まつばやそうきち》、山谷《さんや》（東京都台東区）の増田屋のほか酒井屋、神田《かんだ》（同千代田区）の火消しのよ組など数えあげたらきりがないほどの人数で、数十万人を下らなかった。彼ら親分格の人物の配下は、いずれも勇気に満ちた命知らずの猛者《もさ》である。勝の命令一下、官軍へゲリラ戦を展開する手はずだった。一方で勝は和宮や篤姫などの大奥の女官のほか多くの江戸在住の婦女子や子供に関しては品川などから船で上総《かずさ》国木更津《きさらづ》（千葉県木更津市）に逃すという方策も立てていた。

ここまで段取りをつけてから勝は江戸に迫る西郷との江戸薩摩屋敷での会談に臨んだのである。ここまでは、勝が状況を周到に考えて立てた作戦であり、勝敗がどうなるか予測がつかなかった。勝は、宣長が示した「あうんの頭」を無視し、「疑問のプロセス」を無意識のうちに意識して、論理的な対応を考えていた。

官軍が江戸を総攻めにして勝の焦土作戦が現実のものとなったら、という仮定を考えてみよう。江戸は焦土となり官軍といえども容易に勝てなかったはずであり、多くの損害が出たはずである。西郷もこれを恐れていたはずであり、江戸決戦を避けて会津にむかってしまった。

江戸にいたイギリス公使のパークスは、「もし戦争になれば自国民保護のために横浜にいる海兵隊五〇〇〇を派遣する」と脅している。

これは西欧列強が植民地化するときの最初の常套手段であり、もちろんイギリスと立場が違い幕府を支援していたフランスも同じように対応したであろう。そうなれば列強屈指の強国であるイギリスとフランス両国とも日本を植民地化するための激しい争奪戦を展開したはずである。勝も西郷もそうしたフランスやイギリスの底意を熟知していたから、幕府軍と官軍との決戦を避ける意思が強かったが、決戦を避けられる状態ではなかった。

作戦にかんしては、両者ともきわめて論理的であり、双方、絶対に負けられない立場にあったのだからその準備を周到にし、決戦は不可避だった。真実を云えば江戸約一〇〇万の庶民の命を救うために、同時に皇国が列強の植民地になる事態を避けるために、決戦を想い止まる余裕はこの時点ではありえなかった。仮に幕府軍と官軍が決戦したとして、勝の焦土作戦やゲリラ戦が実施されていたとすれば、多くの庶民が犠牲となり、日本が崩壊しイギリスとフランスの介入を招いて植民地状態に陥ったわけだが、お互いに相手を思いやる心も江戸庶民の運命に配慮する余裕もなかった。これは通説では逆であり、勝と西郷が心の広い日本の行くすえを見通した大人物で、戦火から庶民を救いたいと考えたとされる。しかしこれは後世の識者が宣長譲りの「あうんの頭」で勝手に創作した作り話であり、当時の現実を無視した話であり驚くべき誤解である。もちろん、結果としては決戦を避けたのであるが、これはお互いの利害と打算の産物であり、たまたまの幸運であったのだ。

会津の識者は時代を見通していた

勝は、一八五八（安政五）年幕府の海軍伝習所《でんしゅうじょ》の幹部として咸臨丸《かんりんまる》に乗って薩摩半島の山川港《やまかわ》まで行ったときに薩摩《さつま》島津《しまづ》藩主の島津斉彬《なりあきら》と面会している。蘭学《らんがく》に通じ、海外事情にも明るい勝と意気投合し、そして斉彬は西郷に勝について好意的に伝えていた。

ちなみに明治維新のときに、勝が腹案として考えていた「清野の術」すなわち焦土作戦は、官軍と最後まで戦った会津藩が試みて、大きな痛手を与えているが、会津藩が徹底抗戦した事件はあまり研究されていなく、研究者への期待が大きい。

しかし会津藩は古い時代の考えに縛られていたわけではなく、たとえば「山本覚馬《やまもとかくま》」という人物は建白書として出された『管見《かんけん》』という著書を残しているが、この書物には新しい国家の姿、とりわけ行政・立法・司法の三権分立による新政権の姿を示し、当時、国際関係のとりきめを記した「万国公法《ばんこくこうほう》」にも通じていた。

『管見』に記された中身は、もちろん山本覚馬の論理的な推論から生まれたものだが、この思考法が醸成された事実は、おそらく会津の藩士たちが国際情勢に通じていた事実を伝えている。幕末とはいえ多くの武士などは、西欧の考え方を「理」によって把握していたのだ。

ちなみに覚馬の妹の「山本八重《やえ》」は、幕末の戦いに参戦し、戦いに生き残り、明治維新後に京都に出向き、新時代のための子女教育に尽くし、さらに日清・日露戦争に看護婦として従軍、敵と味方の分け隔てなく傷ついた兵士の治療にあたっている。また、八重は、キリスト教を軸にしたアメリカの新思想による人材教育の場「同志社《どうししゃ》」を設立した、「新島襄《にいじまじょう》」と結婚、明治の日本に大きく貢献した。

話は戻るが、幕末の一八六八（慶応四）年三月、江戸薩摩屋敷の第一回目の会談で、勝は、幕臣・大久保一翁《おおくぼいちおう》のほか山岡鉄舟を同行して高輪《たかなわ》の薩摩屋敷を訪れた。このとき藩邸内の客間には、勝と大久保が入り、山岡は別間で待っていたのだろう。しかし、山岡のいた部屋とは別の部屋には、薩摩藩の桐野利秋《きりのとしあき》など豪の者が控え、会談の成り行きを息を殺してうかがい、もちろん何かが起これば即座に勝を斬るつもりだった。そうなれば桐野と山岡という二人の剣豪が刃を交わしていただろうが、このときの訪問では、おそらく勝と西郷は会うことなく、事務方との会談の手続だけだったのか、『徳川慶喜《よしのぶ》公伝』にあるように勝、大久保、西郷の談判が行われたのか、判断が難しい。いずれにしても第一回目の会談後、勝と大久保は、ほどなく席を立ってひきあげ、そして翌日、勝は「二回目」の会談のために薩摩屋敷を再び訪ねた。

勝は日記において「二回目」の会談について触れている。

勝と西郷のおおらかな会談は嘘だった

勝は裃《かみしも》ではなく羽織袴《はおりはかま》で馬に乗り、従者一人をつれたばかりで薩摩屋敷に出かけたとされている。勝は、一室に案内されて、しばらく待っていると西郷は庭先から、古洋服（おそらく古びた詰襟の軍服）に薩摩風のひっかけ下駄をはいて、熊次郎《くまじろう》という忠僕を従え、平気な顔をして出てきて『これは実に遅刻しまして失礼』と挨拶しながら座敷に通った。（『氷川清話』ルビ

著者）

会談の様子がこの通りだとすれば、大久保一翁も山岡も同行していなかったことになる。

「少しも一大事を控えたものとは思われなかった」

ということであるが、それは嘘である。

そして肝心の談判を迎える。勝は西郷との談判の前に山岡鉄舟に命じて西郷から幕府の降伏条件を事前に引き出している。もちろん、西郷は「勝さん、あんたにお任せする」などとは口が裂けてもいわなかったし、それを見越して勝も「承知した」ともいわなかった。

西郷の文書は、「総督府の御内書《ごないしょ》、御処置の箇条書」といい、西郷が示した幕府降伏条件は以下の内容である。

（一）慶喜儀、謹慎恭順《きんしんきょうじゅん》の廉《かど》を以て、備前《びぜん》藩（岡山県）へ御預《おあずけ》け仰せつけらるべき事
（二）城明け渡し申すべき事
（三）軍艦残らず相渡《あいわた》すべき事
（四）軍器一式相渡すべき事
（五）城内住居の家臣、向島《むこうじま》へ移り、慎《つつし》み罷《こうむ》り在《あ》るべき事
（六）慶喜妄挙《もうきょ》を助け候面々《そうろうめんめん》、厳重に取調べ、謝罪の道、屹度相立《きっとあいた》つべき

（ルビ著者）

断っておくがこの文書には江戸庶民について、いっさい触れていない。この条件について勝は、

どう答えたのか。同意するには、あまりにも高いハードルだった。たとえば幕府軍艦の引き渡し一つとっても勝の一存にならない問題であり、実際、幕府海軍は、司令官の榎本武揚《えのもとたけあき》が一二隻の軍艦を率いて江戸を脱出、函館に向かっている。だから実際は決裂状態であり、実際、勝には多くの制約が課されていた。

しかし、このとき西郷は勝に想いもかけない返答をしたのである。

「いろいろ難しい議論もありましょうが、私一身にかけてお引き受けします」

決戦不可避の状態だったにもかかわらず、その場で何があったのか、見過ごせない「謎」である。西郷は、談判の場で勝の言うことを静かに聴いてから、勝の並々ならない決意を覚って「いろいろ難しい議論……」といったのである。

西郷も決戦不可避を理解し、難しい議論は、両者がかかえる問題ではなく、西郷の心にあった問題だったのだ。勝には一点の迷いも問題もなく、その中身はおそらく勝の周到な作戦の内容であり、西郷がそれを見抜いていたからである。会津決戦や奥羽列藩などを相手としたその後の戦いを考えれば、西郷は江戸で大きなリスクを侵せなかったからであり、勝の決意と西郷のリスク回避が正面からぶつかり合った瞬間だった。この時点で両者は相手の手の内をつかんでいたが、お互いを信頼してはいなかった。

西郷は、心の中で決戦を避けるための自分自身の心を納得させる「弁明《いいわけ》」を考えていた。

古くから伝えられていた日本人同士の「あうんの呼吸」を心の中に思い描いていたのであろう。これが西郷の「弁明」であり、打算がこれほど露骨に出た場面はない。見方を変えれば、決戦を避けたのは、国際情勢を合理的に把握していたためだ。もし決戦をすれば日本を狙っていた列強の思う壺だったから、志士たちに大金を出した豪商たちも、大損になるような事態は、望まなかった。商魂たくましい豪商の意図を理解していた西郷は、勝に下駄を預けて責任を回避したのではないか。はっきり言えば、薩摩屋敷の勝・西郷会談の美談は、「作り話」であるかもしれない。

後世の人々が勝と西郷に過剰な幻想を求めるのは、気持ちとして理解できるが、この解釈は、まったくの誤りである。戦いの場で、敵の立場を慮る歴史解釈は現実味がなく美談を妄想する誤った歴史観であると考えられる。

前出の西郷のこの一言で一〇〇万といわれた江戸庶民は、結果的に戦火を免れたと、『氷川清話』に記されている。官軍の江戸総攻めは中止されたが、勝の日記の真偽には異論もあり、たとえば大久保の名がないが、おそらく大久保も薩摩屋敷に出向いていたという話もあり、勝の服装も羽織袴でなく武士の正装の裃だったと考えてもおかしくない。

勝が感じた「心は明鏡止水」

このときの勝の心境は「心は明鏡止水《めいきょうしすい》のごとし」だった。勝が日ごろからよく口にしていた名言であり、勝の心に官軍との決戦に一点の迷いも問題もなかった理由である。

「明鏡止水」の意味は、邪念をもたず、静かに澄み切った気持で何が起きても、どんな出来事に突き当たっても心が落ち着いた様子を崩さないということである。「明鏡」とは、曇りがまったくない姿、「止水」は少しのさざ波もなく、静かな水面を現わす。

この言葉は中国の古典『荘子徳充符《そうじとくじゅうふ》』に記された故事に由来している。

勝は『氷川清話』の中で心に留め続けた名言を記している。

一切の思慮を捨ててしまって、妄想や邪念が、霊智《れいち》をくもらすことのないようにしておくばかりだ。明鏡止水のように、心を磨き澄ましておくばかりだ。（ルビ著者）

今、述べたように、この名言の出典は『荘子徳充符』で、以下のような故事に由来している。

悪事を働き足切の刑を受けた申徒嘉《しんとか》が、鄭《てい》という国の宰相子産《しさん》と師匠の下で学んでいた。あるとき、子産は申徒嘉に対して質問した。

「いつも、私が先に帰るとき君が残り、君が先に帰るときに私が残る。今日は私が先に帰る。君が残るのか、それとも都合が悪いのか。いつも思うが、君は宰相の私を見ても避けようとしない。君は、自分が宰相と同格と思っているのか？」

これに申徒嘉は応える。

「私と君は同じ師匠の弟子として学んでいる。宰相という地位に何の意味があるだろうか。君は宰相であることをいつも誇りにし、人を見下そうとしている。私は次のような話を聞いた。『鏡が磨かれていれば塵《ちり》や垢《あか》がつかない。それがついてしまうのは鏡が汚れているからだ。塵や垢がつくと物事がはっきり見えない。もし立派な人といれば、自分が磨かれて過ちをしないものだ』という話なのだが……。今、君と私が学んでいるのは、同じ先生だ。立場は同じなのに、君がそのようなことを言うのはおかしい。そう思わないか」

これが故事の中身である。

孔子の話もある。

当時、王駘《おうたい》という人物がいて、孔子のように多くの弟子が集まっていた。孔子の弟子の常季《じょうき》という人物がいて、自分の師匠である孔子の方が明らかに立派なのに、王駘のもとにもたくさんの弟子が集まっているのが不満だった。ある日、常季が師匠の孔子に対してこう尋ねた。

「王駘は、自分の知恵をうぬぼれて、自分だけで覚ったと思いこんでいるだけの人物です。どうして多くの弟子が集まるのでしょうか」

すると孔子は答え、逆に弟子を諫めた。

「人と言うものは、流れる水を鏡にできない。流れが止まってこそ、水が鏡になるのである。すなわち止まっているものだけが物事の真理を映せるのだ。王駘という人は、止まっている水のように落ち着いていて、自分の心を見たい人の心を映している、だから人が集まるのだ」

これが孔子の名言である。

勝も西郷も屈指の知識人でもあったから、この故事を知っていただろうから、お互いの心の内を静かな心境で察知していたのである。

「あうんの呼吸」は心理戦である

「心は明鏡止水のごとし」という名言は、剣道の奥義を示す言葉でもある。周囲の雑音に煩わされず、さざ波も立たない静かな心で相手に対すれば、わずかの心の動きを察知して対応ができる。要するに隙をカバーできるわけである。勝と西郷は剣術においても免許皆伝であるから、この心得を交渉で生かし、そこに「あうんの呼吸」が成立する。

敵対する同士の「あうんの呼吸」は敵に心優しい理解を示すことではなく、むしろ逆で、戦いであり、しかも最も激しい心理戦である。これを極めたとき、相手の隠された根本を理解し、それを心得た側は負けず、そうなればどのような妥協も合意も怖れることがなくなる。

「あうんの呼吸」は日本の精神文化には大昔から、日本が国の形になりはじめた二〇〇〇年の昔から培われたものであり、日本人の頭に無意識のうちに浸透してきた。勝も西郷も古来から培われた精神文化の中で、無意識のうちに生きていたといえる。

故事について日本人は、当たり前のように何気なく日常で使っているが、故事というのは、大半は生まれが中国の古典であり、実は、非常に論理的に構成されている。慎重に読めば、意味が理解できるはずであり、こうした故事の話は日本からは自生の文化として生まれにくいが、一端、日本人が受け入れた孔子の故事が残した精神文化は、あらゆる日本文化に浸透した。その日本文化は、政治の在り方や芸術や文学に色濃く反映されてきた。

勝と西郷は、想定しにくい危険なリスクを避けるために苦労したが、論理の上で、解決できないことを知っていたのである。だから戦いの回避を可能にしたのは、最終的に勝と西郷の日本人同士の「あうんの呼吸」をもたらした精神文化に隠された「謎」あるいは偶然の産物としかいえないものだった。

おそらく勝が感じた「明鏡止水」は、結果的に西郷の「あうんの呼吸」を引き出す呼び水になり、西郷は、最終的な結論を出すにあたって、土壇場で、論理とは全く異質な「謎のファクター」で判断したのである。

こうして明治維新の前夜、江戸は戦火を免れたわけだが、その幸運は必ずしも論理的な経緯から導かれた決断ではない。決戦を覚悟していた勝も西郷も自ら予想もつかないことによって戦いを回避することになった。西郷は「あうんの呼吸」を心に思い描いて、それで自分を納得させるための弁明として意図的に利用したのだ。

第四章　今、日本人の頭を別の頭で見れば……

今まで当然と思い込んでいた常識や考え方をまったく別の視点から思い直してみる。そうすれば、非常識な考え方にも、一部の理があるかもしれない。それは思考を広げてくれるかもしれない。

日本人の頭はいまだに未成年以前か

マッカーサーの「日本人は一二歳」発言

日本では「いいわけ」は通用しない精神風土が強く、いいわけは誤解を解く場合が大半であるが、そのための論理が必要である。論理が生きる場は論争であり、このなかで攻撃の論理よりも受け身の論理は難しい。日本ではその多くが「いいわけ」に聞こえて否定されやすい。しかし、これこそが論理の真髄である。

日本では多くは感情を逆なでする失言として現れる「いいわけ」は、その場で見苦しいものとされているから無視される。さらに発言の中身が論理的に正しくても、印象や感情に少しでも抵触すれば、同じ結果を招き受け手に冷静な思考の機会を与えることは、きわめて稀である。

こうした場面は、どの民族でもありうるが、発言、失言の後にくるのは論理によるバトルである。ときとしてそのバトルは感情が交じり、この点、日本でも論理によるバトルは、なくはないが、その機会がきわめて少ない。日本では「いいわけ」すなわち苦しい弁明は「あうんの呼吸」でしか理解されず、「あうんの呼吸」は論理ではなく発言者の心情を慮《おもんぱか》って感情で受け入れることである。

これは日本人が論理におるバトルが下手という意味ではなく、別の処理法があるからである。ただし別の処理法が国際的に通用するか、否かが問題である。

ダグラス・マッカーサーは、戦後六年間、日本の支配者として統治し、「老兵は死なず、ただ消えゆくのみ」という名言を残して日本を去った。

一九五一（昭和二六）年、マッカーサーは、アメリカ議会の上院公聴会で、

「日本人は一二歳の少年」

という日本人なら忘れられない発言をしている。

その真意は何かがいまだに話題になるが、発言の主旨を下記に記しておこう。


ドイツの問題は完全に全面的に日本の問題とは違っています。ドイツ人は成熟した人種でした。科学、芸術、文化、宗教などの面で、仮にアングロサクソン人が四五歳であるとすれば、ドイツ人も我々と同じくらい成熟していました。

しかし、日本人は古い歴史があるとはいえ、指導を受けるべき状況にありました。近代文明の尺度で測れば、我々が四五歳という年齢にあるのに比べると日本人はいうなれば、一二歳の少年であるというところでしょう。

指導を受ける時期というのは、どこでもそうですが、日本人は新しい規範とか新しい考え方を受け入れやすかったのです。日本では基本的な考え方を植え付けることができます。日本人は柔軟で新しい考え方を受け入れることができるほどに、白紙の状態に近かったのです。

ドイツ人はわれわれと同じくらいに成熟していました。ドイツ人が現代の道徳を怠けてないが

しろにし、国際的規範を破ったのは、彼らが意図して行ったことです。ドイツ人が世界について知識がなかったからそうしたのではありません。ドイツ人は自らの軍事力を用いることが、自分が望む権力と経済制覇への近道と考え、熟慮の上での政策としてそれを行使したのです。ドイツはいうなれば、確信犯で冷徹に国益の損得勘定を考えて悪いことを行ったのです。

日本はそうではありません。まだ国際社会に出て間がなく、ちょっと道を踏み外してしまったのです。しかし自分が占領統治して良い国になったのだから、大丈夫です。日本人はまだ一二歳の少年で、まだ教育が可能で覚えが早くて優等生です。

当時の日本人はおそらくマッカーサーの発言を聞いて怒りを感じたであろう。もしマッカーサーの「日本人は子供」発言を聞いて笑えれば、大人であるが、怒るようなら、まだ子供である証拠といってもいいかもしれない。

「日本人は一二歳……」だとすれば未熟な子供扱いであり、バカにしていると感じるのは当然であり、中には黄色人種に対する侮辱と考えたりした日本人も多かったらしい。敗戦から数年の当時の状態の日本人が反発した事情はよく理解できるし、さらに「日本人は大人である」という主旨の意見広告をニューヨークタイムズに掲載しようという動きもあったという。

こうした反発、リアクションそのものが「青臭く」「子供の証拠」かもしれなく、すくなくとも大人は、怒るような反応をしないものである。

マッカーサー発言で気になる点

上記のマッカーサー発言のなかで気になる点を要約し羅列してみよう。

①ドイツ人は成熟した大人
②ドイツ人は確信犯である
③日本人は未熟で指導を受ける状況にあった
④日本人は柔軟で新しい考えを受け入れることができる
⑤日本人の頭は白紙の状態にある

「⑤日本人の頭は白紙……」であると言っていることから想像すると、マッカーサーの発言には見当たらないが、「日本人は素直である」という項目を付け加えたほうが良いのではないかと思え、これはいかにもありそうである。

これらの諸点は何を語っているのだろうか。

結論からいえば、まさに日本人の頭は「和歌」であるという言葉がそのままあてはまり、しいて言えばマッカーサーは日本人の頭を読んでいたのではないかと思えてならない。

その証拠を示そう。

一九四五（昭和二〇）年八月三〇日、アメリカ軍が日本本土に上陸したときマッカーサーはトレードマークのコーンパイプを口にくわえ、レーバンのサングラスをかけて厚木飛行場に降り立った。そして軍用車で横浜のホテル・ニューグランドに向かう時、沿道の両側には武装した日本兵が背を向けて、銃を道の外側にむけて一定間隔に整列していた。それだけでなく、厚木飛行場には多数の元特攻隊員がいて、わずか六キロ四方の範囲には、おおよそ二〇〇万を超す陸軍が武装して控えていた。いつ戦闘が起きても不思議がない状況だったが、アメリカ軍は厳重警戒態勢で待機し、その主力はアメリカ第八軍の最精鋭空挺部隊だった。

しかしマッカーサーは平然とし、以下のように断言した。

「日本国民は日々の食料に窮しており、天皇の終戦の詔勅が出た以上異変は起こらない」

この断言の通り何事も起らず、徹底抗戦の動きはなく、特攻攻撃もなかった。日本軍は驚くほど素直だった。占領軍を迎えた日本軍の整然とした潔良い姿は、確かに整然として立派に見えたが、それ以上に、「素直で従順で、あうんの頭」をもった日本人そのものの姿を現していたといえないだろうか。

マッカーサーが「ドイツ人は成熟した大人」と言った理由は……

マッカーサーは、帰国後の上院公聴会で「ドイツ人は成熟した大人」と言った。当時、多くの日本人は「日本人が黄色人種だから、差別したのだ」と受け取ったそうだが、無理もない話である。しかしマッカーサーがなぜ「ドイツ人が成熟した大人」と言った意味をもうすこし考えてみよう。

第二次大戦時のドイツ人はナチスに支配された。ナチスの党首でドイツの指導者は、アドルフ・ヒトラーだったから、おのずと多くのドイツ人の頭はヒトラーの思想と同じだった。でなければ、ユダヤ人の絶滅や異民族への異常な虐待が起るはずがなく、そこでヒトラーが何を考えていたのか、検証してみる必要がある。

ヒトラーの考え方は戦後、膨大な資料で詳しく検証されているが、その中で特に頭の中で練られた考え方を示した以下のような話がある。

ヒトラーがまだ陸軍上等兵であったとき、カール・マイェルという大尉がいた。マイェルは軍部の政治思想啓発講習会を主催する責任者であり、ナチス思想宣伝に関してきわめて熱心で、かつ雄弁なため、上層部に評価され注目されていた。

マイェルは、ヒトラーに対して、ベルリンの社会民主党政府がユダヤ人との闘争に及び腰であると指摘したうえで、概略として以下のような質問をしている。

もしユダヤ人がドイツ国民にとって危険な存在なら、その勢力を削ぐために何をしたらいいのか、どのような考え方をしたらいいのか。

これに対してヒトラーは、以下のように応えている。

ドイツ民族の大部分はユダヤ人に対して打ち消しがたい嫌悪の情をもっているが、彼らがユダヤ人を嫌うのはわが民族に対して計画的に破壊的な活動を行っていることを知っているからではなく、個人的な交際において不愉快を感じているからである。

我々の政治的活動としての反ユダヤ主義は感情的要素に左右されるものであってはならず、事実と認識に基ずくものでなければならない。

ヒトラーは、『わが闘争（マイン・カンプ）』の「マルクシズと民主主義の原理」において、党や国家を支える国民のありかたについてかなり冷静な分析を行っている。とりわけ当時のドイツで有力だったマルクス主義と民主主義に対して、以下のような見解を記している。要約し以下に記す。

マルクシズムは、国民的精神を絶滅しようと決めているが、自己の目的のために仮に間接的にせよ支持を受けているかぎり、民主主義と一緒に進むだろう。しかしドイツの議会主義的民主主義において多数派を占め、正当な多数決の立法に依拠したものであったとしても、本気でマルクシズムを弾圧しようとすれば、議会のまやかしはただちに終わりを告げるだろう。

もちろんヒトラーは、マルクシズムに敵対しているが、政敵を葬り去るには民主主義では不可能と主張しているのである。正邪を問わなければ、この考えはヒトラーの論理として成立しているから、屁理屈として否定してはならない。

この分析は、ヒトラーが民主主義のありかたや実像について、よく理解していたことを示している。アメリカやイギリス流の民主主義について、当時の国際基準において、成熟していたのであるが、彼の確信は、目的は反マルクス主義であり、反ユダヤ主義であるから、その限りにおいては、理論として成立しているのである。

マッカーサーは、この点を把握していたから、ドイツ人を「成熟した大人」であると指摘し、かつ「確信犯」と考えたのである。これに比べて、当時の日本には議会制民主主義が機能していなかったし、日本国民も民主主義の理解がヒトラーのレベルまで達していなかった。だから未熟な「一二歳の少年」と述べたわけだ。

もちろん日本でも明治時代には、民権派が多く土佐の板垣退助《いたがきたいすけ》らが民選議会の開設を求めた政治運動、自由民権運動が展開された。その後も大正時代には尾崎行雄《おざきゆきお》らを中心に憲政護憲《けんせいごけん》運動が盛り上がったが、それは実らなかった。

答えは民度が低かったからではなく、世のなかの政治の動きに対する日本人の情報感度が鈍かったからであり、いうなれば頓着しなかったからである。もちろん民権派の指導者たちは、重要性をくどくど説いていたが、大衆の関心を得ることができなかった。

マッカーサーの日本民主化の意味とは……

マッカーサーは連合軍総司令部であるGHQのトップとして占領行政に着手した。

ご承知のように、日本軍の武装解除、食糧難の解消、衛生状態の改善、戦犯を裁いた東京裁判、公職追放、新憲法の制定、財閥解体、農地解放、教育改革、内務省の解体、戦後初の総選挙などは、いずれも占領行政の骨格をなすものだった。

民主化という美名のもととはいえ、これらの膨大ともいえる難題をマッカーサーは矢継ぎ早に実行していったが、奇妙なことにこれらの難題に日本人の間から大きな異論は現れなかった。

一九四七（昭和二二）年三月、マッカーサーは外国人記者団との会見で、

「いまや日本と講和すべき時が来た」

と公に言明した。

この発言はワシントンとの不協和音を起こしたが、早期講和の考えは以前からマッカーサーが考えていたことだった。マッカーサーが日本を「一二歳の少年」とみなしていたとすれば、そう

簡単に講和を考えるとは思えないが、マッカーサーは本国の陸軍省に以下のような書簡を送った。

歴史は軍事占領という形態が最大限にみて一定期間以上は効果を上げないことをはっきりと教えている。

早期講和が持論だったとすればマッカーサーは占領していたとき、日本を子供扱いしていたわけではない。実は、マッカーサーには別の意図、早期講和主張の裏に大統領選出馬を想定していたという分析があったからだ。こうした理由も論理的であり、日本統治で大きな成功を収めつつあったマッカーサーにしてみれば、当然の帰結だった。東西の冷戦のアジアへの波及が災いして、結局、マッカーサーの意図は果たされなかったが、日本との早期講和は、ワシントンとの対立の発火点だった。東西の冷戦が本格的に始まっていく中で、マッカーサーの主張はますますワシントンとの対立を深めていった。

一方で日本に対する占領行政は世界でも稀にみる成功を収めたが、民主化という大義が成功に導いたのではない。マッカーサーが日本人の白紙の頭を心得ていて、その政策が日本人の心をとらえたからである。

日本人の頭は、昔も今も同じか

あれほどアメリカに敵愾心を抱いていた日本人が、敗戦を転機にコロっとアメリカファンに変わった謎は何だろうか。

日本人が戦前の軍国主義に心底から嫌気がさしていて、占領軍であるアメリカ軍を「解放軍」と感じていたからだろうか、あるいは、無敗と信じていた日本が史上初めてアメリカに敗北したショックから立ち直るために、反転してアメリカ贔屓になったのだろうか。

強いていえば、レーバンのサングラスをつけたマッカーサーの姿が素晴らしいキャラクターに映り、単純に惹かれたからだろうか。もっといえば、食料がなく飢え死に寸前に追い込まれていた日本人に食料をあたえてくれたからだろうか。

そのほか日本人がアメリカに靡《なび》いた理由はいろいろ考えられる。つけ加えれば、戦後、一部の日本人の間には「マッカーサー神社」をつくろうという動きがあったらしい。これができていれば東京の観光名所としてアメリカ人も参詣《さんけい》したのではないか。

しかし、マッカーサーは「日本人は一二歳……」の発言で、日本人の不評を招いてしまった。確かに日本人の多くが怒るのも理解できるが、これは同発言を情緒的に受け取ってしまった結果である。

要するにマッカーサーに対する日本人の反応は、良いにつけ悪いにつけ、すべて感情や情緒に根ざしたものだった。日本占領政策に対する評価や理解、さらに反対意見など論理にかかわる中身には何も関係していず、日本人は、疑問も思考もない「あうんの頭」に染まり切っていた。

すでに述べたことと重なるが、時代を溯って一〇〇余年前、江戸から明治に変わったとき日本人とりわけ江戸町民はどう対応したのだろうか。上野の山で官軍と幕府軍が戦火を交えているさなかに福沢は、自らが開いた三田の慶応義塾で、上野から響いてくる砲声を聞きながら当時は理財学といった経済学の講義をしていた。

それだけではない。上野近辺の町人は官軍と幕軍の戦いを高見の見物とシャレ込んでいたという話もあり、深川あたりの町民は、兵たちの喚声を耳にしながら、近所の大川で釣りを楽しんでいたという話もあった。

明治新政府のもとでも日本人の頭は実は「白紙の頭」となり、官軍を歓迎したのであり、その姿は第二次世界大戦で敗北したときも期せずしてマッカーサーが指摘したように、「白紙の頭」で占領軍を迎えた。むしろ歓迎ムードさえあったのと同じである。言い換えれば、明治維新前後と敗戦前後の日本人の精神構造には大きな変化がなかったといえるだろう。明治維新以来一〇〇年余の間、「日本人は一二歳」のままで過ごしていたことになる。

日本人の頭を現在の話題で考えれば……

たとえば、仮に日本政府の責任者が、

「東シナ海に領土問題は、存在しない」

といったとする。

もちろんこの発言の意味はニュースで誰でも理解しているが、仮に何らの解説もニュースもないままに、この発言を聞いた場合、大半の日本人は、意味が分からないだろう。

実は、この発言には、情報が隠されているからであり、いうまでもなく情報の中身は以下のようになる。

「尖閣諸島は日本固有の領土である」

「東シナ海には、尖閣諸島という島々があり、しかも海底には資源が眠っていて、それ故に中国が領土権を主張している」

いまや、当たりまえのことであるが、公式発言としてこの情報の中身を隠そうとする発言者の底意が明らかに見てとれる。はっきりと情報を公開せずに、「曖昧《あいまい》」に、かつ、穏便にことを済まそうという気持ちや感情が見てとれる。もちろん外務大臣は「和歌」を詠まないが、事実に背を向けて情報を隠す「和歌の手法」をそのまま踏襲した発想である。

もう一つ例を出そう。

二〇一二（平成二四）年の消費税国会で、当時の野田首相は、自民党の額賀福四郎《ぬかがふくしろう》に答えて、

「私は、消費税を上げる法案の今国会での可決を決意している。しかも政治生命をかけている。それ以上のことは、言わなくてもお分かりいただけると考えます」

と述べている。

「言わず語らずでも分かるでしょう」という意味である。もちろんこの言葉には情報が隠されている。

マスコミはこの発言を受けて、

「法案が可決されなければ、解散総選挙」

と公のメディアが放映した。この情報も情緒で汲み取ったもので、論理的に解明したものではなく、政治家の発言だから話半分以下だとしても、これは「余情」による解釈を無意識に利用した言葉の使い方というほかない。上記のような発言は、「余情」という言葉に含まれる「あうんの頭」が背景にあり、しかも発言者は無意識である。

チャーチルとルーズベルトのやりとりから……

イギリスのチャーチルは対ドイツ戦で劣勢な事実を国民に公開した。

ここで、いくらか歴史を溯って例を出そう。

ご承知のように、第二次世界大戦中、日本軍は負けているにもかかわらず勝っているといういわゆる「大本営」発表を繰り返した。それ以外、いっさいのニュースは流れず、たとえば劣勢に陥って撤退しているにもかかわらず「転進《てんしん》」という表現を使った。今にして思えば、ウソになるが、当時の感覚を想像すれば、ウソをついたということではなく、戦いを論理の世界とは違う「あうんの頭」で導きだしたものである。

しかし、空襲に曝されているのだから国民は勝っていない事実を、暗黙のうちに知っていたにもかかわらず、事実を情報公開しないのは、負けている事実を公開したら国民の戦意が萎えるのではないか、と考えたのだろう。国民は、大本営発表を疑っていたから、実質的な説得性を発揮できなかったが、事実として、日本は「隠された危ない情報」によって、空襲や原爆による大量の民間人の犠牲者と都市の壊滅という最悪の破滅を招いたのである。

これと真逆の行為をしたのが、同じ時代のイギリス首相だったチャーチルだった。

一九四〇（昭和一五）年五月、チャーチルは首相に就任し、就任直後、国民に対してヒトラーとの戦いに対する決意を表明する。

おりからイギリスは、フランスのダンケルクで数十万の兵士がドイツ軍に追い詰められ。イギリス本土に帰還した兵士は、二〇万に満たなかった。さらにロンドンがドイツ空軍による大規模な空襲に曝《さら》され、全国民が意気消沈していた。ヒトラーは、アシカ作戦というイギリス本土占領作戦をたて、間段をおかずにドイツ軍のイギリス上陸を実施しようとしていて、イギリスにとって戦況は切迫していた。

就任演説のなかでチャーチルは以下のように発言している。

この戦争がいかに苛烈であろうと、いかに困難をきわめようと、いかに長い時間を費やそうと、暴悪なヒトラーを打倒し、大英帝国を磐石《ばんじゃく》の安きにおく覚悟である。私が諸君に提供できることは、血と苦しみと涙と汗だけである。

「みんな失ってしまった」

と続けて負けている戦況を隠さず国民に打ち明けた。

「血と苦しみと涙と汗」は英語では、"Blood, toil, tears and sweat" という。これはチャーチルの生の言葉だった。

その一方で以下のようにも語った。

イギリスは一人になっても戦う。欧州諸国がすべてヒトラーに屈服しても、犠牲を省みずに我が孤島を守り抜く。海外で戦い、敵の上陸地点で戦い、丘陵や市街地で戦う。決して屈服しない。

チャーチルは、事態の深刻さを曖昧にしなかった。

イギリス国民は、負けている事実を知って、かなり挫けたはずであるが、負けている情報を隠さないことによって、国民は、逆に最後まで戦う覚悟を改めて固めたのである。もしチャーチルが負けている情報を隠したならイギリス国民は、あれほどの強い覚悟はできなかったはずである。

ドイツに負けている事実に対してチャーチルは、対応を論理的に考えた。

一九四一年八月、チャーチルは、戦艦プリンス・オブ・ウエールズに乗船してグレートブリテン島北部のスカパフロー港（現在スコットランド）を護衛の駆逐艦もなく、当時イギリス領だった、アメリカ大陸の東海岸ニューファンドランドのプラセンシア湾（カナダ）に向かった。アメリカ大統領ルーズベルトと会談するためであり、その会談で戦後の世界秩序について規定した「大西洋憲章」が結ばれる。

この時、チャーチルは、

「このままでは、ドイツに負けるので、助けて欲しい」

とも申し込んだとされている。対等の立場ではない、見栄も外聞も恥も省みずに、公に事実を打ち明けて支援を請う行為に出たのである。

「イギリスには、隠すものは何もない」

とさらに告白した。負けているから助けを請うことこそが、論理的な対応というものであり、チャーチルの救援依頼に対して、ルーズベルトの答えは想像できる。

「日本が参戦すれば、日本と三国同盟を結んでいるドイツへの宣戦布告の理由ができる。だから貴国への救援が可能だ」

そのためルーズベルトは日本に対する最後通告「ハルノート」を示し、日本の開戦欲求を刺激し、疑問も思考も抜けて「あうんの頭」に染まっていた日本の指導者が、これに乗ってしまった。

これが歴史の真実であり、序章で述べた民主主義の謀略である。いみじくも石原莞爾がマークゲインに吐露した、

「日本敗戦の原因は、民主主義がなかったからだ」

という指摘に通じている。

チャーチルとルーズベルトは、歴史に伝わる「大西洋憲章」の主要議題で、世界戦略を練ったという。確かにそれもあったろうが、チャーチルの真意はまったく違ったのではないか。実際の話、二人を取り巻く状況は切羽詰まっていて、イギリスの苦境に応えてルーズベルトが向きあった上の対応であったのではないか。これは歴史の秘話ともいえるので記録として確認できるか、不安も残る。

事実を公開するという点で、同時期の日本は、チャーチルと逆だったわけである。戦いに負けていても勝ったといい、退却を「転進」といい、そうした方法で情報を隠していたので、うわべだけは勇ましくても、国民の覚悟は内実のないものになってしまった。勇気のある人がいても、強制されて命をかけたとしても、本心からの覚悟ではない。

もちろん明治ころには日本も論理的な対応をしたことがある。

日露戦争では、戦いが長期化すれば危ないという事実に対して、イギリスに助けを求め、アメリカには停戦の仲介を頼んでいる。また第二次世界大戦で、連合艦隊司令長官を務めた山本五十六《いそろく》は、

「日本に大和魂があるのなら、アメリアにもアメリカ魂がある」

といったらしい。

「魂」では、互角であるという意味だが、「魂」以外で、たとえば物量でアメリカが勝っている

事実を「言外」に知らせたのである。これは、論理的着眼であり多くの日本人に伝わらなかったが、当時、一部には日米の生産力の圧倒的な差を問題にしていた識者もいた。しかし、そうした論理的な対応は、内容がいくら論理にかなっていても「大和魂」に占拠された頭には通じなかった。

言葉を隠して真意を伝える「あうんの頭」は、今の憲法にあるのか

今の憲法についていえば、事実を隠して、事実を露出しない手法をとっているように思える。そのもっとも典型的な例が昔から行われてきた「憲法九条」の拡大解釈ではないか。周知のように、憲法第九条においては戦力の保持を禁止しているため、自衛隊が違憲であるという主張があり、これが正しいが、これに対して「疑問のプロセス」が抜け落ちた「余情」部分があって、情報が隠されている。

以前から日本人は、この条文を事実を隠した「あうんの頭」で解釈してきた。自衛隊を軍とすればいいのに、それを曖昧にし軍と呼ばず「自衛隊」と呼び、問題をボカしてきた。もっとさかのぼれば、第二次世界大戦の終結においては、実際は「敗戦」なのに「終戦」と事実を隠そうとした。これでは歴史の真実が後世に伝わらない。

以上の例は、日本人が半ば無意識のうちに情報を隠す、万葉生れで、本居宣長以来の「あうんの頭」発想に汚染され、頭が染め上げられているから起こることである。こうした例は、枚挙にいとまがない。以上に述べた話には、危ない情報が隠されているから、情緒で感知するような問題ではなく、冷静な頭をもって、論理で理解しなければならない問題である。

領土問題の場合、情緒で感知していれば、事態を論理的に理解できず、感情的な憎悪や反発を招くだけであり、結果として争いや悲劇につながる。

これらは、現在にも通じている。日本の外務大臣が「東シナ海に領土問題は存在しない」という言葉を使い、その裏にもちろんニュースなどでみんな知っている「危ない情報」が隠されていれば、いい結果はもたらさない。要は、隠された情報を公開し、「冷静な論理武装」が不可欠であり、もし問題を論理で理解しなければ、的確で有益な対応を導くことはできない。

さらに見落とせない問題は、二〇一一（平成二三）年三月一一日の東日本大震災における日本人の頭である。阪神淡路大震災のときも同じであるが、実際の被災地では笑顔はない。

しかし世論に大きな影響を与えるマスコミの報道は、笑顔を演出し、あたかも人々が希望を持って復興に邁進しているかのごときニュースを流していた。

また原発問題では、情報が隠され、問題の本質を論理で理解する妨げになり、結果として感情論を誘発して、原発事故の被害に曝されている被災地の悲劇を拡大再生産させるだけの報道も少なくなかった。

大事なことは、政府ならびに責任者が原発の現状を隠さずにすべて公開し、原発問題を国民が冷静かつ論理で理解し、的確な判断ができる状況を整えることである。さらに近い将来に絶対に来襲する巨大地震の報道でもまったく同じである。

日本は、年間三〇〇〇〇人を超す自殺者が一〇年以上続き、東北地方の大震災では、あれだけの未曾有の災害に見舞われているわけだから、笑顔がないのはあたりまえである。実際は、前出のチャーチルが述べたように「血と涙と汗」があるだけだ。

これが伝わってこないのは、情報が隠されているからであり、風評被害のような根拠のない害悪を倍加させている。この責任の大半は、感情を煽るマスコミ報道ぶりに問題があり、まともに向きあった報道をしているのは、ＮＨＫくらいなものという意見もあるが、これもあやしいと思えてならない。

日本人の「あうんの頭」は変化しているのか

太平洋でアメリカ軍が日本軍と激戦を展開していたとき、マッカーサーは日本人を子供扱いしていたわけではない。開戦時、真珠湾攻撃で日本は六隻もの大型空母の赤城《あかぎ》、加賀、蒼龍《そうりゅう》、飛龍《ひりゅう》、瑞鶴《ずいかく》、翔鶴《しょうかく》と、航空機三五〇余で編成した、機動部隊を派遣した。これは世界初の試みであったため、真珠湾《しんじゅわん》攻撃では宣戦布告が遅れ、不意打という分析があるが、それだけでなく技術的にそれほど優れていた日本に対して、アメリカ軍は、日本は手ごわいと感じたはずである。

戦いの中でマッカーサーは非常に強い覚悟で臨んだのであるが、戦いが有利に進み始めてから日本軍に戦略の弱さを感じ始めた。戦いの後半、太平洋の孤島を守る日本軍はバンザイ攻撃をするようになり、次第に日本軍は貧《ひん》すれば鈍《どん》するのことわざのように最終的に、神風突撃攻撃隊がよく知られている自殺攻撃のような特攻隊が出現した。。それをみて精神障害に冒されたアメリカ兵士が数多くでたといい、要するに日本兵がなぜそこまで身を挺《てい》して戦うのかにわかに理解できなかったのである。

戦局が進むうちに、マッカーサーは日本人の頭の中には、天皇の命令なら命をいとわないという心理が作用していると理解でき、その姿は素直で幼児のように純真でもあり、日本人は「天皇の赤子《せきし》」という心は嘘ではなかった。

マッカーサーは、心の中で、日本人の頭がまるで「白紙」ではないかとさえ考えたのではないか。さらにアメリカが勝利して日本の占領政策を行い、日本人と接するうちに、マッカーサーは改めて日本人の頭が白紙である事実を確信したと考えられる。

マッカーサーは日本人の白紙の頭に「民主化」という色をつけた。

マッカーサーは日本人の白紙の頭に刷り込むのだから、必ず成功するという確信があり、さらに占領政策の具体策のみならず、日本人にはいちばん大事なはずの新憲法作成に関しても、素案は出させたが決定権には最終的に関与させなかった。

そうした文脈で考えれば、マッカーサーが一九五一（昭和二六）年、上院公聴会で「日本人は一二歳の少年」といったのは不思議ではない。

マッカーサーが戦後、初めて天皇と面談したとき、天皇はこう発言した。要約して以下に記す。


すべての責任は私にある。戦争指導者も国民も私の命令で戦争したのだから、罰するのなら私だけにしてほしい。


これにマッカーサーは大いに感動したという。

実はマッカーサーは日本の占領統治は天皇の存在なしには成功しないと考え、日本人は天皇の命令なら無条件に服従することを確信していた。言い換えれば日本人の頭に対する深い理解と、したたかな思慮が働いていたのである。

これを考えれば、マッカーサーが、

「日本人は五歳の赤子のようにダダをこねただけだった」

と発言してもおかしくなかった。

現在、日本は高齢化がすすみ成熟しているという誤解もないわけではないが、マッカーサーに一二歳といわれた日本人としては、「これは驚いた、失笑のがぎり……いまさら何を言っているのだ」と怒る人も多いはずだ。しかし高齢者が多いからといって、必ずしも国民が成熟しているとは限らない。

マッカーサーは日本人を「五歳のダダッ子」ではなく一二歳の少年に見立てたのだから、その真意を探ってみてもいいのではないか。

もちろんバカにされたと怒ってもまったく不思議がないし、逆に終戦後、餓死寸前の状態に追い詰められていた日本に対して食料を提供した事実に感謝しても良い。

しかし、マッカーサーの意図を論理的に冷静に考えておくことが何よりも重要であり、ポイントは日本人の「あうんの頭」という言葉である。この出来事があってから早半世紀以上過ぎているが、日本人の頭にはどういう色がついたのだろうか、「民主主義」という色だろうか、それは大いに疑わしいだろう。

思えばヒットラーが支配していた当時のドイツ人の頭もほぼ白紙であったはずであるが、マッカーサーに成熟した民族とされたドイツの現状は少なくとも日本よりも民主主義の実態が伴っている。現在、日本人は一二歳からどのくらい成長しているのかと、改めて考え直してもいいのではないか。

日本人のおおかたは民主主義が正しいと思い込み、民主主義は世論の支持をベースとするが、現在の日本の世論は常に巧みな世論誘導にさらされている。スポンサーに逆らえないマスコミの罪が大きく、騙されやすい日本人はきわめてあぶない状況だ。しかも、政治家は世論というあぶないムードに便乗して勝ち馬に乗ろうと虎視眈眈《こしたんたん》である。

考えるまでもなく、世論ほどあぶないものはなく、ヒトラーは民主主義の手続きにそって権力を握ったのである。ちなみに世界の独裁者のおおかたは世論の支持を得ているため、世論や民意をベースにした民主主義ほど当てにならないものはない。くどい表現だが、世論や民意の逆が正しい場合が多いと考えて間違いないだろう。

だから民主主義がダメかといえば、それは違う。

民主主義は恐ろしいほど手間暇がかかり血と汗と苦痛が伴い、安易な方向に傾けば独裁主義にもなりかねず、そのことが民主主義があてにならないという事実を論理的に説明する。そのことを踏まえたうえで、民主主義を実質が伴ったものにすることこそが、民主主義のスタートラインである。

断っておきたいが、民主主義と言うのは思想ではなく仕組みであり、だから民族主義もマルクス主義も、「思想のレベル」でバッティングしないため民主主義と言う仕組みによって実現することができる。独裁主義も思想ではなく、民主主義のように仕組みであるから、民族主義もマルクス主義も実現できる。これは正邪を問わないが、ここがよく勘違いされる。

終章　頭を開いて、あうんの頭を脱却しよう

人の頭は、心理や思想の発生源ということだが、多くの人はそれがストレートに表に現れてこない。時に屈折して、予想もできない結果を導き出してしまう。この現象を解き明かす試みにチャレンジしてみよう。

愛国心を克服したヨーロッパの英知

一七世紀のヨーロッパに、フランスではデカルトが「我思う、故に我在り」、フランス語では「Je pense, donc je suis」、ラテン語で「Cogito ergo sum」という名言を残した。この言葉は自著の『方法序説』(Discours de la méthode)の中で提唱した命題であり、デカルトの後輩筋にあたるスピノザは、この言葉を「我は思惟しつつ存在する(Ego sum cogitans)」と解釈している。この命題は「あうんの呼吸」で納得してしまう「ツーカー状態」とは逆であり、すなわち「疑問のプロセス」が核となっていて、すでに触れた本居宣長の示した「大和心」とまったく真反対である。

二〇世紀前半、オーストリアの作家で『マリー・アントワネット』のほか、『昨日の世界』や『人類の星の時間』、『アモク』など多くの名著をのこした「シュテファン・ツヴァイク」は、一九一四(大正三)年第一次世界大戦が始まった年、ドイツの愛国的な知識人や作家九三人が書名した『好戦的ドイツの宣言』に加わることを拒否した。現在、多くの研究者は、ロマン・ロランなど多くの世界的な作家との友情を保つためと言う意見が大勢であるが、それは間違いである。

特にツヴァイクとロランの関係は深く、ツヴァイクの頭は、物事を世界的なスケールからみていていたのは、ロランとの出会いについての以下の言葉からもわかる。

私がロマン・ロランを時を失することなく発見したのは、偶然であった。（『昨日の世界、ヨーロッパの光と影』ツヴァイク著）

さらに続けて以下の主旨の話を伝えている。

ツヴァイクが顔見知りのロシア人の女性彫刻家を訪ねた時、たまたま部屋においてあったいくつかの雑誌を目にした。そのなかの一つ、雑誌「カイエ・ド・ラ・キャンセーヌ」に目を通した。目を通した記事は、偶然にもロマン・ロランの『ジャン・クリストフ』の第一巻「暁」が掲載されているページだった。ツヴァイクは読み始めてすぐ驚きと興味で引き付けられた。ロランはフランス人なのにドイツをこんなに知っているフランス人はどんな人間であろう……と感じた。（同上）

そして話を読みすすむうちに、ロランの意図する以下の真意を知ったのである。

ヨーロッパの或るひとつの国民に奉仕するのではなく、すべての国民に、またそれらのあいだの友愛化に奉仕する作品がある。（同上）

ロランはこの長編で、民族の闘いとこれに打ち勝つ自由な魂を語っている。

多くの人が知っているが、この作品ではドイツライン川沿の小さな町で生まれた、ベートーヴェンがモデルである音楽家クリストフを主人公としその苦闘を描いている。

ロマンはまた、「他人のうしろから行くものは、決して前進しているのではない」という言葉を残している。

二〇世紀前半のこの時代、ヨーロッパは、ナショナリズム、愛国主義が全盛を極め、ほとんどの文学者も詩人も愛国主義の猛烈な情熱に逆らえず、その流れに支配されていた。ドイツ抒情詩人のデーメルとフランス最高の詩人と当時いわれたヴェル・ハーレンは、ドイツとフランスの融和を謳って公衆の前で握手をし、感動を与えたが、国境を越えたその試みもナショナリズムの流れを抑えるには無力であり、人々は他人のうしろからついて行ったからだ。

その愛国の奔流の中で、ロマン・ロランとツヴァイクは、愛国の奔流が何をもたらすのか、その真相をみきわめたうえでヨーロッパの一つの国民だけに奉仕しない意義を示したのである。この二人が示した意義は、深い「疑問のプロセス」を経たうえで到達した結論であり、それは「国際主義」だった。

ツヴァイクはユダヤ系作家だがオーストリアが祖国であり、当時の愛国主義の流れのなかにいたため、ロランはツヴァイクの頭に一石を打った。これは祖国が違うツヴァイクとロランの両者が生んだ「疑問のプロセス」の一例だ。

国際主義のもつ意味とは……

　歴史でいわれる第一次世界大戦と第二次世界大戦の間の時代は、先ほど述べたように特に欧州は「ナショナリズム」と「インターナショナリズム」が激しくせめぎ合っていた。西欧列強は、軍備を大幅に増強して、近隣諸国のみならず世界規模での征服を意図して動いていた。国民世論は、好戦的で、指導者は好戦的ナショナリズムを背景に世論を煽《あお》って、国民を動員して、戦闘態勢を整えていた。だからいつ戦争が発生するか予断が許されない状況であり、ナショナリズムは、アジアやアフリカ、南アメリカなど被圧迫民族においては独立の自覚を促すものであったが、ヨーロッパにおいては戦争と征服を引き起こす危険な因子であった。

　こうした中、ツヴァイクは、この危険な情勢にたいして、戦争を抑止する世論の醸成に力を尽くしていたが、ツヴァイクはパリ・モンパルナス通りの古いアパートでロランを訊ね初めて話をする。

　ツヴァイクは、ユダヤ系であるがドイツ人のゲルマン精神を深く理解していた。多くのユダヤ系市民は、生まれた祖国を愛し、祖国に尽くす気持をもっていたが、ツヴァイクはその危険な芽を認識しており、強く警戒してもいた。

　ロランは、生粋のフランス人であるが、国を超えた見識を超えた創作を世に出していたため、両者の意識はまったく一致していた。だからツヴァイクもロランも真の意味でインターナショナリズムすなわち国際主義を唱え、戦争と言うきわめて危険なリスクを防ぐために腐心していたのである。これが先に述べたように二人が「疑問と思考のプロセス」の末に行き着いた結論だった。

　二人は『ジャン・クリストフ』について話し合い、ツヴァイクに対してロランは、同作に関して三つの義務があると伝えた。

一つ目は、音楽に対する感謝
二つ目は、ヨーロッパの一致
三つ目は、諸国民への考察

ロランはクラシック音楽に対して深い洞察を示し、その見識は広く知られ、音楽が国や民族の枠を超えた感動を引き起こすことをよく理解していた。また国や民族の枠を超えたヨーロッパの一致は、ナショナリズムの打破に通じ、そのような視点からの諸国民の考察は、ヨーロッパのナショナリズムの担い手である諸国民の国際主義への理解に期待していたことを示唆している。『ジャン・クリストフ』は長編で大作なので、これを理解するには読者の粘りが不可欠だが、熟読すればロランの意図が伝わってくるように思える。

ツヴァイクは、ロランと会ったほぼ同じころ、「ベルタ・フォン・ヴットナー」という知識人と会い、その予言の的確さに驚きを感じている。

ヴットナーは、ヨーロッパの危険な風潮を警告する意味から、広く読まれた作家である『武器を捨てよ』という小説を著し、平和実現のために多数の国際会議を召集した。

ベルタの活動と『武器を捨てよ』という名作は、ダイナマイトの発明者「アルフレッド・ノーベル」の注意を惹き、ノーベルは感動し、ダイナマイトによってもたらされた害と災禍を深く悔み、災禍の償いと言う意味から「ノーベル賞」を設定したのである。ベルタはその後に起こる戦争の恐るべき災禍を予言していたが、その予言は第二次世界大戦というかたちで的中したのである。

これほどの歴史の教訓を伝えた人物は、他にはあまり見当たらない。第二次世界大戦の後も、原子爆弾からはじまる核兵器の発明を含めて、現在にも災禍の危険性は依然として続いている。

屁理屈を見直す習慣が必要

中国の文学者・魯迅は「中独焚書《ちゅうどくふんしょ》異《い》同論《どうろん》（『准風月談《じゅんぷうげつだん》魯迅選集・評論六』岩波書店）」という短文を書いているが、その中で面白い文章が目についた。この短文にはヒトラーが非ドイツ的な書物を焼き払った出来事が述べられ、次いで秦《しん》の始皇帝《しこうてい》の焚書事件が述べられた後、付録的に以下の内容が記されている。

アラビア人がアレキサンドリアを攻め落とした時には、そこの図書館を焼き払ったが、その理由はこうだった。

もし書籍に書いてある道理が、『コーラン』と同じであるとすれば、「もはや『コーラン』があるのだから残しておく必要はない。もし相違していれば異端であるから、残してはならぬ」

この場合のアラビア人はおそらくサラセン人であろう。

多くの人は、この論理を屁理屈と思うに違いない。これを記した魯迅はもちろん批判的な視点から書いているが、論理という点から見てみると一概に屁理屈とはいえない面がある。考えてみれば、論理と言うのはこうしたものではないかと思えてくるからである。

ヒトラーは非ドイツ的な書籍を焼き、時代を越えて中国の秦の始皇帝は儒教の学者を穴埋めにして殺害し、儒教の書物を焼き捨てたが、農学書と医学書は焼き捨てていない。

仮に始皇帝が農学書や医学書が後々役に立つと考えたのなら、かなりの理論的対応をしたのではないだろうか。

これをすぐに始皇帝の勝手な独断と情緒と考えてはいけない。

論理で考えれば、書物を焼き捨てる行為は、書物が偉大だから許されないのではなく、人類にとって損だからである。低俗で値打ちがない書物であっても同じであり、洋の東西を問わず、かつ是非を問わず知的遺産を損なうから、権力者といえどもその廃棄は許されない。

論理と言うのは手段であるから、内容の正邪と是非を除外して冷静に理解する必要がある。前出のアラビア人の論理は、内容が間違いであっても『コーラン』のすばらしさを伝えるという目的に限定すれば論理としてありうる。

日本の場合、道理はあるがそれは道徳と共通していて、内容の是非が問題にされる。正しいかどうかであるが、その判断が重視された場合、立場によって、すなわち主観的な思いが色濃く作用する。言い換えれば客観的判断基準がないのだ。

『論語』の解釈は、余情では分からない

『論語《ろんご》』は世界的名著であるが、特に冒頭の一説は誰でもが知っている。原文は、以下のとおりである。

子曰、学而時習之、不亦説乎、有朋自遠方来、不亦楽乎、人不知而不慍、不亦君子乎。

書き下し文にしてみる。

子曰《しいわ》く、学びて時に之を習う、また説《よろこ》ばしからずや。朋遠方《ともえんぽう》より来たる有り、また楽しからずや。人知らずして慍《うら》みず、また君子《くんし》ならずや。

日本語に訳してみる。

先生（孔子）がいわれた。『物事を学んで、ときどき復習する、なんと楽しいことではないか。友達が遠くから会いにやってきてくれる、なんと嬉しく楽しいことではないか。他人が自分を知らないからといって恨みに思うことはない。それが奥ゆかしい謙譲《けんじょう》の徳を備えた君子というものだ。

これが一般的な解釈とされている。含蓄に富む名文句であり、場合によっては気持ちが洗われるような印象を受けるが、その理由はこの名文に豊かな「余情」を感じるからではないだろうか。

しかし、我々は、中国に関してとんでもない勘違いをしているようだ。

中国は一般的な意味の「国」とはいえず、いわば、一つの「世界」と解釈したほうがあたっている。かつて中国の春秋戦国時代には、複数の大国が存在し、それぞれに独立した帝国で相互に外交交渉を行い、当然、お互いに情緒や阿吽の呼吸は通じなかった。

そうした状態を想定したうえで、孔子は思想を説いたのであり、『論理』は事実を基としているため、思い込みによる主観的な「真実」とは違う。だから『論語』の内容は、非常に論理的であり、『論語』は、書名の字で分かるように、「論」の「語」であり、論理が凝縮していると理解しておかなければならない。

いうまでもなく『論語』は、原文が中国語であるからきわめて論理的であり、したがって本来、文字や言葉自体に「余情」は含まれていない。言葉を別の角度から見て、意味を咀嚼することは可能であるが、それは論理で理解することが前提となるのであり、日本の古典に見られる和歌の頭のような情緒で感知する性質のものではない。

論理的思考では、初歩的に考えれば、「Aである」という場合、「逆Aである」ことを想定する。仮に引用部分を論理で解釈すれば、以下のようになる。

物事を学んだら、あとはおさらいをする。しかし現実には、そんな奇篤《きとく》な人物はいない。また、この世の中に私を理解している友は、一人もいない。だからこそ私は物事を学び人に説くのである。

これは月並みな逆説だが、理にはかなっている。

また次のような名言もある。

子曰、巧言令色、鮮矣仁。

［書き下し文］子曰く、巧言《こうげん》令色《れいしょく》鮮《すくな》し仁《じん》。

日本語に訳すと以下のようになる。

先生（孔子）がこうおっしゃった。巧妙な弁舌に感情豊かな表情、そういった人は、見せ掛けだけで思いやりの心が少ない。

しかしこれを論理で解釈すれば、以下のようになるのではないか。

言葉が巧みで姿かたちが良いのは仁は薄いが、逆にそうでなければ、人は耳を貸してくれない。人は、見かけで気持ちが動くからである。だからこそ賢者に大いに語って欲しいと考えている。

論理的に考えていた証拠に、孔子は以下のようにも言っている。

子曰、君子不重則不威、学則不固、主忠信、無友不如己者、過則勿憚改。

[書き下し文] 子曰く、君子、重からざれば則《すなわ》ち威《い》あらず、学べば則ち固《こ》ならず。忠信《ちゅうしん》を主《しゅ》とし、己《おのれ》に如《し》かざる者を友とすることなかれ。過《あやま》てば則ち改むるに憚《はばか》ること勿《な》かれ。

この言葉も日本語に訳してみる。

先生(孔子)がこうおっしゃった。君子は、重々しい雰囲気がなければ威厳がない。学問をすれば頑固でなくなる。(上位者に尽くす)忠と(誠実さを守る)信の徳を第一にして、自分に及ばない者を友達とするな。過ちがあれば、それを改めることをためらってはならない

しかし、より論理的に考えればこのように訳せるだろう。

孔子といえども、重々しい威厳ある容姿を重視している。それは見せかけではないというかもしれないが、自分に間違いや過失があれば、それを素直に認めると解いている。仮に軽薄であっても自分に確信があり、内容が伴なっていれば良いではないか。こだわってはいけない。

論理とは扱いがややこしく、情緒で感じていては、本質を見失ってしまうということが多い。ご承知のことだと思うが、『論語』では道徳が説かれ、論理の人である孔子がなぜ説くのかといえば、道徳が正しいからではなく、本当の理由は、道徳が世の中に行われていないからである。もし道徳が世に行われているのなら、道徳をわざわざ説く必要がない。もし道徳が行われてい

ないのなら、人に対して性悪説《せいあく》にたった立論《りつろん》が分かりやすく、こうした逆説思考こそが論理による解釈の主要な柱でもある。

日本にも「人を見たら泥棒と思え」という言葉があるが、これは性悪説にたった立論ではなく、情緒的な願望であり、人を信じるが故の気持ちである。日本人の美徳である「和」を尊ぶ精神は、論理で理解できないのは、実際には人々が「和」を尊ばないが故に、説かれるだけではないからだ。

隠れた情報の暴露がリスクを緩和する

よく指摘されることだが、日本語は曖昧な表現が多いとされている。

とりわけ公的な場面においては、物事の本質を大まかな言葉で表記し、あとは読む人のあうんの呼吸や行間を読むといった、言わず語らずに汲みとってもらうということが多い。実は伝えているが内容は曖昧のままでも、意思が伝わっているかのように錯覚していることが少なくなく、しかも誰も文句を言わない。政治家の言葉や文章では、曖昧部分が多く、隠された情報は、ほとんどすべてがこの例に該当する。

いうまでもなく企業経営者や科学者のなかには、シビアで論理的な手法を駆使する人が非常に多い。それでも日本人ならではの「余情」を伝えているため、なお曖昧で含蓄や蘊蓄《うんちく》に富み、人生の何たるかを伝える文字や話に感動を覚える。

松下幸之助のような偉大な経営者は、具体例を引くにしても、それは含蓄を含み、結論を示唆する内容であり、それ以上、多くを語らず要点だけを語る。結論は、述べたとしても真意は、読む人が咀嚼して判断することになり、余計なおしゃべりはしないのである。

たとえば松下幸之助は、『商売心得帖《しょうばいこころえちょう》』の七六ページに「長所を見つつ……」という話をしているが、要するに社員の人事管理の要諦《ようてい》を語っているのである。

どの商店や会社でも、人を求め、人を育てていくという点に非常な努力をしております。けれども実際のところは、その割合に人がなかなか育ちにくいのが世の常でしょう。……いったいどうすれば人が育っていくものなのでしょうか。

考え方は、いろいろあると思います。しかし、私自身としましては、元来首脳者の心得として、つとめて社員の長所を見て短所をみないよう心がけております。あまり長所ばかり目を向けるため、まだ十分には実力が備わっていない人を重要なポストにつけて、失敗してしまうような場合もなきにしもあらずだ。しかし、私はこれでよいと考えています。

さらにその理由として語っている。

もし私がつとめて短所を見るほうであったとしますと安心して人を用いることができないのみならず、いつも失敗しはしないか、失敗しないだろうかと、ひとしお心を労するでしょう。これでは事業経営にあたる勇気も低調となり、会社商店の発展も十分には望めないようになりかねません。

なかなか理路整然としていて、この文章のどこに隠された情報があるというのかと思うが、松下は、一般論としていっているのではないことを考えればわかってくる。

この話には、隠された情報があり、その一つが「失敗を恐れるな」である。経営者として失敗は許されないことは、明白であるが、これを余情として考えれば、「勇気の所在」を暗黙のうちに示唆し、行間を読むほかなく、情緒的な頭では感知できない。

さらに言えば、経営者にとって「勇気」とは、「リスクをとる」ということであり、ある意味で「無分別」と同義かもしれない。その真意は、「隠された情報」であり、論理的に理解する必要はなく、他の人は、結果で判断するほかない。

前出のチャーチルにように情報を隠さない手法を使うのなら、経営者は会社の隠された怖い情報を暴露しなければならなくなる。

それは「会社商店をつぶす可能性もある」と同じであり、松下はあえて語っていない。しかし、聞き手は怖い情報を「余情」からでもいいから感知しなければならないが、聞き手が「和歌の頭」に染まっていたのでは期待できない。

隠された情報を公開する行為は、実に怖いことであり、それを省みずに行ったのが、すでに述べたチャーチルの首相就任演説である。

これをもっと考えれば、事態の隠された情報を偽りなく公開する怖さを誰よりも熟知していたのは、ほかならぬチャーチル自身だったが、怖くても隠れた情報の暴露は、その後のリスクを大幅に緩和した。

聖書の記述には日本人が感じる「余情」は存在しない

人類のベストセラーであり、かつロングセラーである『聖書』には、現在の日本人が感じ、かつ思考が抜け落ちた「余情」は存在しない。思考の詩歌に類する記述としては、「雅歌《がか》」のほか「哀歌《あいか》」そして「詩篇《しへん》」があるが、そこには万葉的な「余情」を感じさせるものはなく、もしその必要がある場合、「黙示《もくし》」という手法をとるのかもしれない。

もちろん『万葉集』と『聖書』では、生まれた環境も時代も背景も異なり、同じ詩歌というジャンルに属するかも疑問であるが、それをあえて比較してみよう。また、前出のように「黙示」と一口に言っても、解釈はきわめて難しく、ちなみに世に言われる「聖書学」あるいは「聖書研究」において、目下のところ、これに対する明快な「解」を導いた人はいない。

これを浅く軽薄な私の解釈で想像すれば、少なくとも「黙示」というのは、情報を隠すのではなく、逆に、危ない情報をあえて露出させて「神の真意」を公開する手法であると思う。これを前提とした上で、神の真意は受けとる側の信仰の深さとかかわるので、普通に読んだだけでは、かなりややこしくなるという面に注意しながら、上記の聖書の記述を考えてみたいと思う。

「雅歌」は正式には「古代のユダヤ王国の王・ソロモンの雅歌」から始まる。

第一部
ソロモンの雅歌

どうか、あなたの口の口づけをもって、
私に口づけしてください。
あなたの愛はぶどう酒にまさり、
あなたのにおい油はかんばしく、
あなたの名は注がれたにおい油のようです。
それゆえ、おとめたちはあなたを愛するのです。
あなたのあとについて、行かせてください。
私たちは急いでまいりましょう。
王は私をそのへやに連れて行かれた。
私たちは、あなたによって喜び楽しみ、
ぶどう酒にまさって、あなたの愛をほめたたえます。
おとめたちは真心をもってあなたを愛します。
エルサレムの娘たちよ、
私は黒いけれども美しい。
ケダルの天幕のように、ソロモンのとばりのように。（以下略）
（『旧約聖書』日本聖書協会）

この歌では、愛を以心伝心で分かってもらおうという意図はなく、愛を理解してもらう言葉は、きわめて露骨である、余情を感じさせるものは皆無であり、具体的でストレートであり、心のなかの隠された想いは、本人の主観的な真実であるが、そのままでは相手に伝わらず、人同士のコミュニケーションが目的を果たせない姿は、少なくとも愛の姿として論理的ではない。

情緒ないし情感との対極にあるのが、もし論理だとすれば、その筆頭は『聖書』であり、『聖書』の中でも真骨頂は詩歌ではないため、『マタイの福音書』を見てみよう。『聖書』は神への信仰を説いたものであるから、原則として論理で理解させる手法は、きわだって露骨であり、特に『マタイの福音書』にはこの特徴がよく出ている。

『マタイの福音書、第七部』では三つの命題が記されている。

一つ目は、人を裁くな
二つ目は、求めれば与えられる
そして三つ目は、狭い門から入れ

この三つは、情緒で感知できる性質のものではなく、文書で意味は説かれているが、これを判断するのは、受信する側の考えに委ねられている。結果がどうなるか不安を感じさせる内容でもあり、事実としてこの三つを行なうことは至難であるが、逆に見れば至難だからこそ神の命題でもあるのだ。

この言葉は、間違いなく「神と信仰者」の一対一の会話であり、他の人は立ち入れないから、自分の頭のなかで、しかも孤独のなかで、論理で整理しなければならない。

論理で整理するのは、実は難しいことではない。なぜなら、日々の生き方のなかで、この三つを実行すればいいからだ。

しかし、いざこの三つを実行すると課題が生まれる。
たとえば、人を裁くのでなく自分が裁かれたらどうなるのか。
また、人に求めるのでなく自分が求められたらどうなるのか。
さらに、苦労して狭い門から入れないとき、楽をして広い門から入れないものかと思うことである。

いずれも反対命題である。反対命題を解決しておかなければ、実行したことにはならないため、俗にいうリスクをどう考えるのかという問題がある。

世の中には、想定に反する思いもかけないハプニングが頻繁に発生するが、これは、「隠された危ない情報」であり、以心伝心や阿吽の呼吸ではつかめない。すでに述べた「あうんの頭」では、この命題に応えられないのである。

今、世の中に発生している問題は、間違いなくそのリスクが破滅につながりかねない。たとえば、大きな問題で考えれば、原発や他国との領土争いなど、いずれをとっても「和歌の頭」が得意とする情緒による感知では対応不能である。この点がこれからの重大問題であり、頭が白紙などといっていられない。

これを『聖書』の教訓と考えるのではなく、「和歌の頭」から考え直すことが重要であるため、「貴族の暗号」は見落とせない教訓である。

『ヨハネの黙示録』には、多くの禍《わざわい》が記されているが、そのなかで我々が特に見逃せない部分は、大地震の予言である。

結論として記された危険は、黙示録に登場する「七番目の天使」がもたらす大災害について、「人が地上に現れて以来、いまだかつてなかった大地震」が襲来し、「すべての陸地と山が消えうせる（マイケル・ドロズニン『聖書の暗号』（新潮社））」という未曾有の事態である。

アメリカ映画「ターミネーター」で主役のシュワルツネッガーが、

「時が来た」

という台詞を口にする。

この言葉は、キリスト世界で言われる「最後の審判」を示唆し、何か不吉を予感させる。そこには「隠された危ない情報」が見えるが、余情を感じる能力では分からず、危ない情報は隠されることなく洗いざらいすべて公開される。

日本は、二〇一一（平成二三）年三月一一日にマグニチュード九を超す大地震が襲来し、この事実は、これを超す巨大地震の襲来を確実なものと予想もしている。今年、責任ある専門家が政府の公式発表として、もし相模湾沖の海底で、東日本大震災に匹敵する巨大地震が発生したら、その犠牲者が九八〇〇名と発表した。

少し考えてみれば、巨大な揺れと大津波が首都圏を襲うのであるから、たとえば、迷路のように張り巡らされた地下鉄網に数百万の人がひしめいているのであり、街にはそれ以上の人と車が行きかっている。犠牲者の数が九八〇〇人ですむわけがなく、「和歌の頭」で想像した希望的観測でしかない。

現代という時代は、きわめて深刻で危ない情報が、いたるところに隠されているため、「和歌の頭」ではなく論理で追及し、事実と向きあって策を練る。これこそ喫緊《きっきん》の大課題であり、今や「余情」と「無常」でやりくりできる「良き時代」ではなくなったのである。我々にとって縁遠い『聖書』の世界から問題を考えるのではなく、我々自身の文化の中から生まれた貴族由来の「和歌の頭」のリスク分析から思い起こすことが求められているのだ。

人類共有の「禅＝五明の教え」

禅は、主に鎌倉時代の武士の間に広がった精神の修業の教えなので、日本ならではの文化と考える人も多いが、これは間違いであり、禅は日本独自のものではない。その由来は古代インドの行者に源があるため、その奥義は今や人類共通の知的遺産といえる。

日本語の仏教経文に書かれている。

　生を明らめ、死を明むるは、仏家《ぶっか》一大事の因縁なり

これは曹洞宗《そうとうしゅう》の、道元禅師《どうげんぜんじ》の大著『正法眼蔵《しょうほうげんぞう》』の特に重要な部分を抜粋した、『修証義《しゅうしょうぎ》』という日本の経典にある。この文言は、お寺の法事などでもとなえられ、一般人へのメッセージであるが、意味は哲学じみていて難しそうで聞いただけでは理解できそうもない。

以前ある禅宗の僧侶の雲外仙英《うんがいせんえい》和尚（俗名・笠松仙英）、に聞いた話であるが、禅の修業には五つの目的があるというが、以下に述べる「五明《ごみょう》の教え」という。この雲外には、埼玉県川越《かわごえ》盲学校創設にかかわった社会事業家の志《こころざし》があった。

この教えが禅宗のなかで公式に認められたものかわからず、雲外の個人的な考えかもしれないが、おそらく仏教に理解のない一般人向けの話として理解すれば、話がわかりやすい内容といえる。

「五明の教え」とは、

①生を明らめ
②道を明らめ
③人を明らめ

以上を踏まえたうえで次の教えが語られる。

④自らを明らめる

そのうえで最後の教えが語られる。

⑤死を明らめる

雲外によれば、これらは難しく考える必要はないらしく、もし難しく考えるのなら、一部の思慮深い修業者以外は理解できず、もしやさしく考えるなら誰でも分かるわけだから、人類共有のものになるという。さらにくわしく見てみる。

①「生」とは飢えないための糧を意味する。米でもパンでもいいが、飯を食うことが修業だということで、これは理解できる。

②「道」とは哲学的な意味ではまったくなく、生きるための必須手段としての仕事であることを明らかにすれば、生きる糧を得られるだけでなく生活が成り立ち、好みの仕事なら生きがいを感じることができる。僧侶も一つの仕事と考えれば、道という意味が少しは理解できるのではないだろうか。

しかし、③からだんだん難しくなる。

③「人」を明らかにするのはかなり難しく、善人もいれば悪人もいるうえ、人には生まれついての悪人はいない。一人の人がおかれた立場や状況で悪人にもなり善人にもなりうるように、心の中は多様であり傍目には理解できないし、生きていくなかで変質もするため、そこで折り合いをつけて人間関係をつくらなければならない。

④「自分」を明らめるのはさらに難しく、分かっているようで実は分からない。自らをコントロールしながら自分を律していかなければ致命的な間違いを起こしかねず、これができるようになるには修業が欠かせず、我々俗人にはなかなかできない。

⑤そして「死」を明らめる。これはとてつもなく難しい。思えばこの世に二〇〇年も生きることは、神か妖怪でもないかぎり無理であり、人はやがては死を迎える。死を恐ろしいと感じているが、それでも人は生きている。生きているとき特に大きな災いが起きなければ、多くは正確な死期を知らないから恐怖を感じない。もしガンなど重病を宣告されて余命半年ということが分かったら、精神的におかしくなるだろう。

これを避けるのは、①から⑤までの場面で、少しでも満足できることがあれば、それを知ることである。

人は誰でも食べて寝て仕事をし、そして人と付き合い、やがて人生の終末を迎える。ごく平凡な人の人生であり、人類共有であり、この世界に住む誰でもが体験するもっとも素朴で根本的な課題である。仏教の教えで足るを知ることを意味する「知足《ちそく》」という名言につながる。

これは欲望を抑えてそこそこに欲望が足りたうえ、それ以上を望まなければ、悩みが緩和されるという意味であろうか。たとえば、食べる場合、もっと豪華で美味なものを食べたいと感じるが、この欲望はエスカレートすると限度がなく、もしこの欲望が「ないものねだり」なら不満とストレスが溜まる。ここに悩みが発生するのであり、これは食のみならず仕事さらに名誉獲得でも変わりなく、最悪の場合、これが限りなく高じれば欲望未達成の故に「心の病」に冒されることすらある。欲望や自惚れは、否定しても収まらず、ある意味で克己心《こっきしん》によって転換できれば自己発展に貢献するが、過剰に作用すれば逆効果に陥ることもある。

「足るを知る」と言う意味は、他でもない「自分の能力」を知ることであり、能力は人それぞれで不平等である。「自分を明らめる」ことが難しいのは、周囲との比較では理解できず、嘘は他人を騙せても自分自身を騙すことはできないことと同じで、自ら悟るしかないからである。これゆえに、人類共通の「五明の教え」は、凡人《ぼんじん》を諭《さと》す標《しるべ》ということができる。

人は平等＝人類初の謎の思考

人は皆、平等……ごく当たり前の話であるが、これが本当に実現されているのか、誤解があるため実は分からない。人は生命体としての存在価値は平等であるが、能力と努力において不平等であり、そこに格差が生まれ競争が生まれる反面、発展の可能性が期待できる。

では生命体としての存在価値において人はなぜ平等なのか。

実は、これを示すために人類は数千年の歴史を費やしてきたが、なかなか果たせなかった。その手段は、情緒や主観的な思いではなく、論理であり、人が平等ということが正しいとか間違いとか、悪いとかというのではなく、正邪を排除した論理である。

インドには信仰の書として『スッタニパータ（経集《きょうしゅう》）』という修業の書があった。これは修業と信仰の経典群であるが、その中に『ヴァーセッタ経（婆私托経）』という書物がある。

この書物の中で、釈迦は二人の若い修業者に対して、

「社会的に最上位にある宗教者のバラモンとは何か」

という話を説き、バラモンの資格を以下としている。

戒《いましめ》をまもり、義務を全うするがゆえにバラモンと称する。

そのころ、バラモンの資格は生まれながらのものであり、人の修業や義務で決まるものではないとされていた。そうした身分差の非常に厳しい時代だったから、釈迦の教えは、絶対に許されない教えだったにもかかわらず、釈迦の教えはさらにこれを超えて、「業」という考えを示している。そして以下のように語ったといわれている。長い言葉なので一部を引用する。

生まれによりてバラモンたるにあらず
生まれによりて賎しき者にあらず
行為によりてバラモンになる
行為によりて賎しき者になる

増谷文雄著『新しい仏教のこころ』

ここでいう行為は「業」という解釈がある。

すなわち人には生まれつきの貴賎はなく、生きていく中での行為や努力で貴賎が生まれると諭している。

実は、こうした人の平等を説く話は、釈迦だけが説いていたわけではなく、釈迦とほぼ同時代に生まれたジャイナ教の教祖・マハーヴィーラとされている「ニガンダ・ナータブッタ」も釈迦と同じ「業」の意味を説いている。

しかし、人は平等という考えは日本では「和歌の頭」で情緒的に受け入れられただけで、論理としてなかなか理解されなかった。ようやく理解するきっかけとなったのは天台宗《てんだいしゅう》の開祖である伝教大師《でんぎょうだいし》こと最澄《さいちょう》が、奈良仏教との論争の中で、人は誰も「仏に成れる可能性をもつことを意味する仏性《ぶっしょう》」という主張をしてからである。この論争で最澄は『大般若経』の一節を引いて奈良仏教を論破したが、人類共有の人類平等という知的遺産は、釈迦が説いた時代から約一〇〇〇年以上も過ぎていた。

本書の冒頭で、私は密教の大僧である空海のことを引き合いにだした。

空海は若くして唐にわたり、恵果《えか》という高僧の教えを受けたが、はじめは多くの弟子がいる恵果にじかに接することができなかった。だから恵果の教えがなかなかわからなかった。あるとき幸運にもじかに師匠に接する機会を得た空海は、開口一番、「師匠の教えは少しもわからないのです」といった。

日本で仏教の教えについて学んでいたので「わからない」と言いたくなかったが、無礼を承知で、おのれに正直にこの疑問と悩みを打ち明けた。

恵果はこともなげにたずねる。

「あなたは、私の言葉の百のうち一つくらいはわかったかね」

これに空海が応える。

「一つもわかりません。これでは、さとりを得ることはとてもできません」

「あなたは、なにか誤解をしているようだね。仏の道、さとりは、ひとそれぞれだ。我の教えの奥義は現世利益《げんせりやく》だ。頭を開き、想いを新たにして、自ら一人の思う道を行くがよい」

それまで万人普遍の真理の教えを信じていた空海は衝撃を受けたが、その刹那、頭を覆っていた疑問と悩みが解かれたように感じた。これは、私の勝手な想像だが、それまで信じきって疑わないことに対して持つ各自の疑問は、今でも通用しそうに思える。

確かに言えることは、この世界では「疑問のプロセス」が抜け落ちた「あうんの頭」は、通用しないという事実である。もし今、日本人がやるべきことがあるとすれば、未だに健在である「あうんの頭」を改めて検証することだ。長い歴史のなかで、その機会を得ながら、本来の意味の「疑問のプロセス」を取り戻してこなかった。

世界的宗教はミレニアム単位で深化・拡大・発展する……

現在まで存続するような世界的宗教の大前提は、人は平等であるということであり、仏教はいうまでもなく、ユダヤ、キリスト教そしてイスラム教においても、どのような人も仏や神の前で平等であると説く。仮に罪深い悪人でさえ、その例に漏れず、日本では親鸞がこの説を唱えた。人の平等は、何となく大昔から認められていたのではなく、こうした世界的宗教の教祖が形成時点で、また布教過程で、論理として教えの原則にすえたのである。しかし、これはほぼ永遠に果たされないかもしれず、各宗教の教祖たちの心に秘められた諦念なのかもしれない。

『仏典《ぶってん》』や『一切経《いっさいきょう》』、ユダヤ教の聖典である『旧約聖書』や『トーラー（律法《りっぽう》の書）』、『タルムード』など、キリスト教の『新約聖書』、イスラム教の『コーラン』は、いずれもきわめて緻密な論理によって構成されている。この原則と異なるものは、宗教として衰退するか消滅する運命をたどってきた。

こうした世界的宗教は、創始されてからおおよそ一〇〇〇年単位、つまりミレニアム単位で、その宗教的情熱がとめどない勢いで拡大・深化・発展している。

たとえば、仏教は、釈迦が創始したのがおおよそ紀元前五〇〇年、その後、紀元五〇〇年までの第一ミレニアムで信仰が拡大・深化・発展し、続く紀元五〇〇年から紀元一五〇〇年の第二ミレニアムでインドや中国、東アジアなどで大きく深化・発展した。

またキリスト教は紀元前後から紀元一〇〇〇年までの第一ミレニアムにおいて信仰が拡大し、世界に深化・拡大・発展した。特に第二ミレニアムにおいて、西ヨーロッパでローマ法皇を中心にキリスト教の王国が形成され、イスラム教を異教徒として排撃する十字軍を興し、以後、キリスト教世界は布教を目的にグローバルな規模で世界を席巻した。この第二ミレニアムのキリスト教の宗教的な激しい情熱は、紀元二〇〇〇年以後の第三ミレニアムに至っても未だにその余韻を残していて、未来に向かってどう発展するのか予見が難しい。

イスラム教は、さらに激しい。紀元後六六〇年にマホメットが創始されて以来、紀元一六〇〇年前後までの第一ミレニアムにおいて西アジアを中心にサラセン帝国やオスマントルコ帝国など世界帝国が形成された。イスラム教では女性の地位がそれほど高くないという話があるが、この超重要な大課題は必ずイスラム教の英知が打開することが期待されている。今、イスラム教は紀元一六六〇年から紀元二六六〇年まで第二ミレニアムの渦中にある。現在のイスラム圏の激動をみるだけでも、その宗教的情熱は一段と激しく燃え上がっているのがわかるだろう。

多くの人は、現代は科学の時代であり、宗教と相容れないと考えているかもしれないが、これはまったくの早計であり、思い違いである。人の心をミレニアムの時空で支配してきた宗教パワーのもつ支配力は、おそらく衰えることはまったくないだろう。

人類の大半の人々の心を支配する世界的宗教は、矛盾するように聞こえるが強固な論理の世界で構成されている。

生活を通して心の中で宗教とまともに向き合ったことがほとんどない日本人は、すでに再三にわたって述べてきたように江戸中期以来「疑問のプロセス」が抜けた「あうんの頭」であるが故に、カルトに騙され、世界的宗教の精神的な支配力に鈍感になっている。このような状況が日本人にもたらす、危ないリスクはどのくらい大きいのか予想もできない。

一つ確かに言えることは、この世界では「疑問のプロセス」が抜かれた「あうんの頭」は、もはや通用しないという事実である。

孤立主義と愛国主義に警戒が必要だ

もし、いま日本人にやるべき働きがあるとすれば、日本人の頭を占拠している「あうんの頭」を自己改造し、本来の意味の「疑問と思考のプロセス」を取り戻すほかないだろう。

これから未来にかけて、本格的な宇宙時代がやってくる。そのとき日本人の疑問も思想も弱い「あうんの頭」は、どう対応できるのか？　今、世界は、孤立主義が台頭し、多くの国民が愛国主義に流されようとしていて、この危険な流れにブレーキをかけられるだろうかと不安でいっぱいである。各国とも国際協力を標榜しても本心は違い、小惑星や月や火星などへの資源獲得争いが各国の孤立主義や愛国勘定に支配されるだろうため、この不安はこれからの宇宙時代にも消えない。

先の大戦前、米国イエール大学教授で軍国日本に厳しく警告した朝河貫一《あさかわかんいち》は、以下の主旨の指摘をした。

国家の政治体制が民主主義体制を備えているだけでは、自由な独立国とはいえない。その国民が世界における人間の立場をすべてにわたって意識するまで進歩しているかが重要である。

この指摘の意味を理解すれば、疑問も思考も抜けた「あうんの頭」を脱却し、新しい時代を拓き未来に希望をつなぐチャンスをつかめるかもしれない。そのチャンスは、まるまるの「未知との遭遇」があったときラッキーなめぐりあわせで、新しい発見と慧眼《けいがん》に恵まれることを心から祈りたい。新時代の世界は、ハイテクを軸に国際金融や情報、貿易戦争、国防などの分野で各国の対立が深まり、不吉が予感される時代の到来であり、何が起こるのか今の時点では予想できない。しかし、そのときにまったく新しい叡智を備えた知見と対応法を、発見・発明していることを強く強く期待しよう。

著者名　鹿嶋海馬（かしまかいま）

略歴　一九六九（昭和四四）年、早稲田大学政経学部卒。卒業後広告代理店勤務後、広告制作会社でコピーライター。以後、編集ライターからジャーナリストへ、現在にいたる。フリーランス三五年。

以下、著作

・『小松左京・出会いのいい話』（中経出版、現在カドカワと合体）（ＳＦ作家・小松左京氏と共著）

・『リーダーの器量いい話』（元国連大使・加瀬俊一氏と共著）（中経出版、現在カドカワ書店と合体）

・『パソコンすぐわかる事典』（三笠書房）

・『図解　スパッとわかる現代史』（ナツメ社）

・『アジア国境紛争地図』（三一書房）

・『井深大　企業家の思想』（同上）

・『伊藤博文はなぜ殺されたか』（同上）

・『福祉に生きる　大江卓』（大空社）

・『福祉に生きる　山室軍平』（同上）

・『日本の首相○×▼□』（みき書房）

ほか

『あうんの頭』

2019年6月30日　第一刷発行

著　者　：鹿嶋海馬
発行人　：鈴木雄一
発行所　：はるかぜ書房株式会社
　　　　　神奈川県鎌倉市笛田 6-15-19
E-mail　info@harukazeshobo.com　http://www.harukazeshobo.com/
装丁・装画：菅原守
印刷所：プリントウォーク

ISBN 978-4-909818-10-2 C0095 ¥1200E